Les jeux de Dieu

Lettres des Caraïbes

Fondée par Maguy Albet, cette collection regroupe des œuvres littéraires issues des îles des Caraïbes (Grandes Antilles et Petites Antilles essentiellement). La collection accueille des œuvres directement rédigées en langue française ou des traductions.

Yollen LOSSEN, *Le jour où ma mémoire s'est réveillée*, 2017.

Clarisse BAGOÉ-DUBOSQ, *Laissez-la chanter*, 2016.

Keed J. KENDALL, *La vie de Sarah*, 2016.

José ROBELOT, *Une si longue lettre d'amour et d'autres paroles...*, 2016.

Jean Eddy GUILLOTEAU, *Les Lauriers de Bertha*, 2016.

Joscelyn ALCINDOR, *L'île aux fruits amers*, 2016.

Samy SOLIMAN, *Paradis ou enfer au temps de mon enfance*, 2016.

Josette SPARTACUS, *Négropolitude*, 2016.

Ernest MOUTOUSSAMY, *A la lumière de l'alphabet ou le combat des enfants des champs de canne à sucre*, 2016.

Prosper PLUMME, *Des nouvelles de la solitude*, 2016.

Ces dix derniers titres de la collection sont classés par ordre chronologique en commençant par le plus récent.
La liste complète des parutions, avec une courte présentation du contenu des ouvrages, peut être consultée sur le site www.harmattan.fr

Roger EDMOND

Les jeux de Dieu

Récits

OUVRAGES DU MÊME AUTEUR

Amer café, Les Éditions L'Harmattan, Paris, 2013.

Les enfants de la terre brûlée, Les Éditions du CIDIHCA, Montréal, 2008.

Les chevaux de bois, Les Éditions du CIDIHCA, Montréal, 2005.

L'enseignant, l'école, la communauté, Les Éditions DAMI, Montréal, 2002.

5-7, rue de l'Ecole-Polytechnique, 75005 Paris

http://www.harmattan.fr

ISBN : 978-2-343-11248-0
EAN : 9782343112480

Dédicaces

Je dédie, à titre posthume, *Les jeux de Dieu*, à ma sœur aînée Gisèle dont le destin, s'il n'a pas été cruel, n'a certainement pas été à la hauteur de ses espérances et de celles de toute la famille.

Je dédie aussi ce livre à mes défunts parents Rose Anna Berry et Lafayette Edmond pour m'avoir communiqué le goût du savoir et éveillé en moi une grande sensibilité envers les gens humbles et simples.

Je le dédie également à Rennes dont le soutien m'a été nécessaire pour traverser les grandes épreuves de la vie.

J'écris enfin pour l'amour de mes filles Daphné et Guylaine auxquelles je suis attaché. Elles m'ont fait la grâce de pouvoir chérir quatre « petits bonheurs », quatre « petits trésors » : Sacha, Anne-Éloïse, Anaïs et Ludovic Roger.

Remerciements

J'adresse en tout premier lieu mes sincères remerciements à mes amis chauffeurs de taxi G.B. et Y.B. qui m'ont expliqué les rouages de leur métier.

Je remercie également mon ami Lionel Jean pour ses précieux conseils et son indéfectible appui.

Prologue

J'ai toujours voulu comprendre le sens des phénomènes qui se manifestent autour de moi. Qui m'attristent ou m'émerveillent, m'enchantent ou me violentent, sans oublier les faits et gestes qui touchent nombre de gens de mon environnement. Fort loin dans l'enfance crédule, la peur de mourir ou de voir partir ceux que j'aimais m'habitait à un point tel que j'accordais une excessive importance à n'importe quelle histoire rapportée par des personnes parfois mal intentionnées. Celle de cet homme, innocent peut-être, qui aurait vendu son âme au diable en lui cédant du même coup le corps de sa belle-fille. J'avais si peur de lui que je le voyais souvent dans mes rêves agités. Et, incidemment, quand, au cours de ma jeune adolescence, je me levais le matin pour réviser mes leçons, faisant les cent pas, en récitant des vers de La Fontaine ou d'autres auteurs célèbres, Monsieur X arrivait toujours du même côté de ma rue, passait devant ma maison, me saluait d'un léger sourire (par grande admiration, sans doute, pour le garçon studieux que j'étais), poursuivait son chemin jusqu'à sa demeure, non loin de mon quartier. Coïncidence ou hasard ? Occurrence simultanée ? Plus tard, à peine sorti de l'université, j'appris la mort de mon père. Lorsqu'un ami vint m'en faire part en plein midi de ce 24 décembre, je me remettais à peine d'un accident de voiture au lendemain d'une nuit au cours de laquelle mon père m'était apparu en songe. Il portait un complet brun et un brassard noir, tout simplement. Aussi n'en fus-je pas surpris. La mort, à ce moment-là, me parut comme une grande blessure que la vie nous inflige pour nous ramener à l'idée obsédante de l'irréversibilité des choses. Coïncidence, télépathie ou « synchronicité » ?

Aujourd'hui, je cherche encore, afin de saisir les nuances tant dans la similitude que dans la diversité de certains événements. Et je m'arrête à la pensée du psychiatre suisse Carl Gustav Jung qui livre comme exemple canonique le fait suivant :

« Une jeune patiente eut à un moment décisif du traitement un rêve dans lequel elle recevait en cadeau un scarabée doré. Pendant qu'elle me rapportait le rêve, j'étais assis le dos à la fenêtre fermée. Tout à coup, j'entendis derrière moi un bruit comme si l'on frappait légèrement à l'extérieur. J'ouvris la fenêtre et capturai l'insecte au vol. Il offrait la plus étroite analogie que l'on puisse trouver à notre latitude avec le scarabée doré. [L'insecte] s'était manifestement amené, contre toutes ses habitudes, à pénétrer dans une pièce obscure juste à ce moment. Je dois dire qu'un tel cas ne s'est jamais produit pour moi, ni avant ni après, de même que le rêve de ma patiente est demeuré unique dans mon expérience. »

Le médecin-psychiatre *interprète ce phénomène aussi bien comme une coïncidence signifiante que comme un cas de rêve prémonitoire.*

« J'emploie donc ici, écrit-il, le concept général de synchronicité dans le sens particulier de coïncidence temporelle de deux ou plusieurs événements sans lien causal entre eux et possédant un sens identique ou analogue… »

Fasciné par de nombreuses révélations rapportées ici et là, touché aussi par la fatalité qui frappe aveuglément les gens et les entraîne, mais peu outillé pour embrasser la science dans sa stricte rigueur, j'exprime sous la forme du roman une profonde préoccupation qui se traduit dans un triptyque aux multiples expressions : *La rivière, le pont, l'adolescent et le président, L'amour au temps du grand désastre, Dialogue ou correspondance intime.* Trois volets d'une même idée maîtresse déjà acceptée et fortement véhiculée à savoir que les hasards et les coïncidences, les rêves brisés et les vies tronquées, les espoirs comblés et les désespérances, l'amour, la jalousie, les désastres, les départs comme les arrivées ne sont, finalement que de simples jeux de Dieu.

PREMIER VOLET

La rivière, le pont, l'adolescent et le président

La rivière

Dans la presqu'île du Sud d'Haïti, aux portes de Jémine, coule une large rivière. L'Anse-Vierge, du nom de la région, est de surface tranquille comme, d'ailleurs, l'étendue de la plupart des eaux profondes. En allant vers l'Est sur la côte, on atteint successivement Roseline, Coraux-Verts, Pistoles et les autres villages qui font le charme de la zone, souvent exposée cependant aux vents mauvais. Mais le voyageur, à pied, à cheval ou en véhicule automobile, pour atteindre l'intérieur et gravir les mornes, devait franchir, la peur au ventre, les rivières quelquefois tumultueuses qui sillonnent les plaines et les capricieuses vallées. D'ordinaire, l'Anse-Vierge dort paisiblement. Mais un certain jour, elle se réveille, sort de son lit et surprend les habitants alentour. Alors, c'est le branle-bas qui chavire toutes les activités conduisant à la ville. Ce puissant cours d'eau avait toujours été le cauchemar des camionneurs, des marchandes et marchands qui conditionnaient leurs vies aux humeurs du temps. De leur côté, les promeneurs, les amoureux aimaient la traverser les samedis matins et revenir sans encombre en ville à la tombée du jour. Plus creuse que les Roselines, la Volgue et la Guindée, Anse-Vierge n'a pas de rive et faisait autrefois la terreur des gens du coin. Plus large aussi, son passage était devenu obligatoire pour les chauffeurs de poids lourds qui devaient se rendre à Montbeau ou à Coraux-Verts. La rivière était dotée d'un long et large radeau qui facilitait, jour et nuit, le transport entre Jémine et les autres lieux plus à l'ouest. Il s'agissait en fait d'un petit traversier en bois, en forme de trapèze que l'ingéniosité des gens de la région avait permis de construire pour assurer la circulation des biens et des personnes. Flottant sur la rivière par un mètre et demi de haut, le bac, comme on l'appelait familièrement, pouvait accueillir plus d'une centaine de personnes. Elles n'étaient pas assises. Elles se tenaient debout, collées les unes contre les autres. Souvent, elles étaient bien endimanchées pour franchir Anse-Vierge, jetant d'émerveillés regards sur le paysage. Paysage pittoresque par temps calme, mais menaçant soudain, dangereux enfin quand la tempête gronde, dévastatrice et lourde. Long de vingt mètres et large de six, le bac montrait ses côtés pourvus de rampes facilitant l'entrée ou la sortie des véhicules en marche. Il était mû par deux personnes, parfois par trois quand la force du courant l'exigeait. Les chauffeurs les plus chevronnés éprouvaient d'énormes difficultés à poursuivre leur route. Pour y parvenir, il fallait décharger les véhicules, les faire monter sur la barque et, à la fin du passage, les arrimer de nouveau. Même si la plate-forme était tirée de chaque bord par de gros câbles en sisal, elle pouvait à tout moment dériver selon la force des eaux et du vent. Les voyageurs, au début et au terme du trajet, se signaient en guise d'implorations et de remerciements. Les accidents étaient très fréquents.

Les gouvernements, qui s'étaient succédé au pouvoir à la capitale, n'avaient jamais pris soin de remédier à une telle situation. Celle-ci nécessitait donc de toute évidence la construction d'un pont.

Selon de persistantes rumeurs, Anse-Vierge cachait d'insondables mystères. Des coïncidences peut-être ? Ou des faits embellis par la légende, racontés par des individus innocents, avides de merveilleux et d'étrangeté ? La « tête de l'eau » (la source), chuchotait-on, était gardée par trois *esprits* puissants et sauvagement jaloux, qui voulaient que la terre sur laquelle ils régnaient soit la plus belle et la plus luxuriante de celles de toutes les régions des cinq départements du pays à cette époque. Il se trouve qu'Anse-Vierge prend sa source près de *La Forêt*, de *Desormeaux* et de *Marrance*. Trois ou quatre affluents serpentent et fendillent les mornes, avant de se jeter en son sein pour la remplir, la renforcer et lui donner, en dévalant les pentes, cet air majestueux qui étonne et qui charme tant. Quand le ciel devient bas, quand son bleu passe au gris, les eaux de la rivière montent, impétueuses, s'élargissent sur les berges et même au-delà, plus loin, beaucoup plus loin qu'on peut se l'imaginer. Et les hommes et les femmes se mettent à surveiller le temps, celui qu'il fait sur l'heure, celui qu'il fera demain, jusqu'à ce que les pluies s'arrêtent pour que revienne le cours normal de la saison. Cette zone était et constitue encore le grenier d'Haïti, en dépit des grandes manœuvres de déforestation entreprises par l'État et les Sociétés anonymes, malgré les coupes sauvages faites par les paysans du coin, en quête de bois pour en faire du charbon de cuisson. C'était et c'est encore la lutte au quotidien.

1912. Curieux concours de circonstances ! Ce fut l'année d'une grande découverte, ou d'une théorie frappante qui allait bouleverser toutes les connaissances. Alfred Lothar Wegener, astronome, géophysicien et climatologue allemand établit, après plusieurs années de recherches, que les continents, il y a 200 millions d'années, auraient formé un bloc unique appelée Pangée, avant de se séparer et de se diviser en cinq compartiments dont les bordures pouvaient aisément s'enchevêtrer. Eh bien, on raconte que cette année-là fut l'une des plus marquantes de la grande région caribéenne. Un cyclone, venant de l'Ouest avec ses vents violents, balaya la péninsule du Sud d'Haïti. La Jamaïque meurtrie avait inlassablement enterré ses morts. Deux cents personnes environ avaient brutalement péri dans la tourmente apportée par les bourrasques et les pluies. De l'Ouest à l'Est, la tempête s'était abattue sur la côte exposée aux torrents de vagues. Les habitants de Jémine, pourtant habitués aux phénomènes divers, n'avaient pas vu venir une telle catastrophe. On aurait dit que la nature avait tout mis en œuvre pour que le drame survienne.

On raconte, de plus, qu'au mois d'août de cette même année, les eaux de la rivière s'étaient gonflées aux portes de la ville, à ce carrefour triangulaire baptisé *Au bac*. Trois branches de chemin pouvaient être empruntées. L'une conduisait à Marfranche et ses environs ; une autre, venant de Coraux-Verts et des alentours, amenait vers Jémine les marchands et les écoliers du coin. Le cours d'eau, d'ordinaire large et calme à cet endroit, s'était élevé à un niveau si haut que les arbres arrachés çà et là flottaient comme des bateaux en papier, ces petits navires que les enfants plaçaient dans les rigoles au moment des fortes pluies.

Cette rivière est bien intégrée à l'histoire de cette région. C'est palpitant. Des témoins ont rapporté des faits concernant ce cours d'eau. Témoignages oraux, il est vrai, mais édifiants à l'entendement même des plus incrédules.

21 octobre 1935. Un cyclone d'une ampleur sans précédent frappa de nouveau la péninsule. La nature fait souvent les choses à la manière de Dieu. Une fille de six ans, rapporte-t-on, fut surprise parmi d'autres, alors qu'elle était en voyage accompagnée de sa bienveillante tante. Celle-ci disparut dans les flots, alors qu'on retrouvait la petite fille accrochée à la branche d'un arbre qui émergeait des eaux. La nature fait si bien les choses que l'on ne s'étonne point devant la régularité de ce qui nous entoure. On n'a jamais su comment Carmélie, toute jeune encore, avait-elle eu l'étincelante idée de grimper par-dessus l'arbre, déraciné pourtant, et d'éviter ainsi une noyade certaine. Après la tempête, après la grande averse et les eaux en furie, la petite fille était là. Elle pleurait. Rescapée de la mort, elle fut ramenée à Coraux-Vert, sa ville natale où elle grandit. Carmélie ne quitta pas son coin de terre. Elle connut des tourments, des entraves au plein épanouissement de sa vie. Chaque fois qu'elle rencontrait un obstacle sur sa route, elle n'hésitait pas à clamer haut et fort :

« Mwen travèse gwo dlo mwen pa mouri, se pa ti dlo nan kivèt ki kab touye m. » J'ai traversé de grandes eaux. Je n'en suis pas morte. Je ne vais pas me noyer dans une cuvette d'eau.

Sa vie, elle l'avait vécue sans pompe, sans éclat, comme l'araignée qui tisse patiemment sa toile, à coups d'efforts soutenus. Se levant le matin aux premières lueurs du jour pour se coucher le soir quand ses compagnes de travail n'arrivaient plus à se pencher sur la table à façonner la pâte pour en faire du pain. Elle était boulangère. Le travail assidu, le sacrifice de soi lui avaient permis d'amasser une somme assez rondelette qu'elle avait confiée à Lucia, sa grande amie fidèle. Un jeune homme s'amena. Elle céda aux premiers assauts de celui-ci. C'est tout de même surprenant. Vingt années auparavant, Carmélie aurait pu mourir, emportée par les eaux d'une rivière furieuse. Et voilà qu'elle allait maintenant donner naissance à un petit garçon qu'elle aurait aimé de toute son âme si la mort n'était pas venue de sitôt le lui ravir. Même accablée de déshonneur, comme le sont toutes les femmes séduites puis abandonnées, Carmélie retroussa ses manches pour poursuivre son chemin. Elle travailla sans relâche chaque jour, chaque nuit, jusqu'à ce qu'un homme venu de la grande ville lui propose de faire d'elle sa femme légitime, sa compagne pour toujours, sa moitié d'être. Elle accepta même si elle ne pouvait plus avoir d'enfant (son médecin l'en avait prévenue). Ils se marièrent à l'église du village. L'homme avait dissimulé ses véritables intentions : il avait en effet flairé de loin la rondelette somme qu'elle avait patiemment acquise. Il lui fit des exigences : une voiture par-ci, un hors-bord par-là ; la menaça de la quitter si elle n'accédait pas à ses demandes. Quand, à chaque requête d'argent, elle allait chercher chez Lucia une partie de son bien, celle-ci l'exhortait à se ressaisir : « Si la rivière ne t'a pas emportée, l'homme que tu veux tant chérir le fera sans ménagement. Je t'aurai prévenue. » À cela elle répondait : « Tant pis, cela aura été la volonté de Dieu. » Elle donna tout ce qu'elle possédait à son mari qu'elle suivit plus tard aux États-Unis d'Amérique. Très longtemps après le débordement des eaux de l'Anse-Vierge, Carmélie mourut à New York vers la fin des années 1990, amputée d'une jambe, après avoir pleuré comme une enfant abandonnée, l'esprit complètement perdu. On déposa son corps dans un modeste cercueil devant lequel vint timidement se recueillir le garçon qu'elle avait, de très bon cœur, adopté et auquel elle avait toujours voué une très tendre affection.

Les vagues continueront de marmonner leur murmure éternel, les nuages persisteront à fuir, affolés, chassés par les vents. Scintilleront aussi les étoiles, immuables, indifférentes aux tumultes de l'âme, ainsi on attendra toujours et pour longtemps encore la réponse à tous ces mystères de l'inéluctable destin.

Le pont

Un pont, dans le passé, avait été jeté sur la rivière. C'était sous la présidence d'un chef d'État qu'on avait surnommé « le bâtisseur ». Dans ce pays, tout dépend du président de la République. En effet, à la capitale, Florvil Hyppolite avait érigé un marché en fer. À Jémine il avait fait construire, autour des années 1895, sur la rivière Anse-Vierge, un pont également en fer. Celui-ci, au fil des ans, était devenu vieux et branlant. On continuait cependant de l'utiliser pour traverser l'impressionnant cours d'eau. Jusqu'au jour où souffla une dévastatrice rafale qui balaya toute la région. Le pont s'écroula.

Le président Hyppolite fait lui aussi partie de l'histoire ou de la légende populaire. On rapporte qu'en se rendant à un village dénommé La Vallée, situé dans le sud-ouest de l'île, pour mater une révolte, il reçut un signal qui, dans les pays du Nord, n'aurait attiré l'attention de personne. Monté sur son cheval blanc habituel, il allait une fois pour toutes imposer sa loi aux habitants de cette localité. En cours de route, son haut-de-forme s'envola, après que l'étalon eut exécuté deux piaffements brusques et rapprochés. Mouvement inattendu, sans doute. « Panama'l tonbe. » Il mourut quelques heures plus tard. Voilà. C'est dans ces occasions-là qu'on invente un récit, qu'on compose des chansons. Comme celle célébrant ce général anglais, Jean Churchill de son vrai nom, devenu Malbrough, qui ne connut pas la gloire de mourir à la guerre, mais bien tranquillement dans son lit douillet. Il avait voulu combattre les Français sous le règne de Louis XIV, roi soleil. Il n'y parvint pas. Ayant été incapable de se battre, il se retira sous les quolibets des soldats ennemis. Ceux-ci lui dédièrent cet air devenu si populaire que Napoléon Bonaparte, lui-même, l'entonnait chaque fois qu'il mettait le pied à l'étrier pour partir en campagne ; que Beaumarchais, hardi et frondeur, le fit chanter par Chérubin dans *le Mariage de Figaro*, pièce célèbre et tranchante pour son époque. La malice ou, peut-être, l'innocence des peuples révèle des aspects cachés de l'histoire des grands hommes :

Malbrough s'en va-t-en guerre Mironton, mironton, mirontaine
Malbrough s'en va-t-en guerre, ne sait quand reviendra…
Il reviendra-z-à Pâques ou à la Trinité.

Sortie de l'histoire des guerres européennes, cette chanson fit le tour des régions colonisées. La musique haïtienne s'inspire, elle aussi, de faits, de gestes associés aux mythes et aux couleurs du temps. Ce peuple musicien en a composé toute une au président Hyppolite :

Mwen sòti lavil Jakmèl
Mwen prale Lavale
Lè mwen rive kafou Bene
Panama mwen tonbe
Panama'm tonbe (bis)

Panama mwen tonbe
Sa ki dèyè ranmase li pou mwen.

La traduction est simple :

Je suis parti de Jacmel
Pour me rendre à Lavallée
À mon arrivée à Carrefour-Bainet
Mon panama s'est envolé
Que ceux qui me suivent me le ramassent.

Le pont du président Hyppolite aura duré de nombreuses années avant la date fatidique du 21 août 1935. À ce moment précis, il tomba. Emporté par de furieux vents. D'autres chefs d'État suivront et passeront « comme passent les eaux courantes, tantôt lentes », tantôt violentes. Ils se contenteront d'admirer la nature luxuriante et sauvage des lieux, le beau désordre qu'occasionnent parfois les fortes turbulences. Mais ils n'y feront rien.

1946. Enfin, Désulmais Dormine devint président. Il promit. Et il tint parole. Les travaux débutèrent aussitôt. On voyait alors semaine après semaine arriver, par bateaux ou par voie terrestre, des poids lourds, des poutres, d'immenses poutres. Des câbles, d'énormes câbles. Des machines à broyer le gravier et le ciment pour en faire du béton. Des tiges de fer pour armer celui-ci. Des tracteurs, des monte-charges, des « Caterpillar ». On admirait aussi des camions, de gros camions montés sur 10 roues à hauteur d'homme, que des chauffeurs chevronnés conduisaient avec aisance, sourire aux lèvres. On comprenait bien leur attitude, car l'argent coulait à flots dans la ville, et les gens consommaient beaucoup. L'espace de quelques mois, Jémine était devenue plus prospère que durant les années de la Seconde Guerre qui avaient attiré des milliers de travailleurs à la SHADA (Société haïtiano-américaine de développement agricole). C'était pour planter et récolter l'hévéa, et en faire du caoutchouc au profit de l'économie américaine.

Les constructeurs du pont avaient fait appel aux hommes forts de la zone, des athlètes que tous les enfants prenaient pour modèles. Il fallait leur aide pour manier les marteaux-piqueurs, pensait-on. Alors, Jo, Jean, Jacques et les autres avaient répondu fièrement à l'appel. Arrivaient de Port-au-Prince, enfin, toutes sortes de gros engins qu'enfants et adultes confondus, émerveillés par l'ampleur de l'événement, regardaient avec un sentiment de « jamais vu ».

Chaque samedi, chaque dimanche, pendant plus de deux ans, la fierté donnait rendez-vous au grand carrefour qui arrivait avec peine à accueillir tous ces curieux venus de la ville et d'alentour pour observer la progression minutieuse et spectaculaire des travaux. Le pont, devait-on croire, allait être élevé pour épouser la montée des eaux jusqu'à la limite du possible. Rares parmi ces gens-là étaient ceux qui pouvaient comprendre le fait et en expliquer la mécanique. Alors, on se lançait dans toutes sortes d'élucubrations. Les jeunes surtout s'imaginaient plusieurs procédés : aux deux extrémités de l'immense construction serait placé un moteur de haute puissance, sensible à la moindre alerte de la crue des eaux ; celui-ci mettrait automatiquement en mouvement les câbles qui hisseraient le tablier jusqu'à une certaine hauteur, lui évitant ainsi d'être submergé par la force du courant. D'autres croyaient candidement au pouvoir de la magie.

En réalité, les ingénieurs arrivés de Port-au-Prince étaient en train d'ériger un pont suspendu. Ce modèle d'arche était connu bien avant l'arrivée des Espagnols dans le Nouveau Monde. Les Incas, au XVIe siècle, en avaient édifié plus de 200 s'étirant, pour la plupart, sur plus de 50 mètres. Les Chinois, bien avant les Amérindiens, utilisaient au IIIe siècle avant Jésus-Christ des ponts suspendus avec des chaînes d'acier. Mais à Jémine, à Carrefour-Bac, c'était la première fois qu'on allait franchir l'Anse-Vierge à l'aide d'une structure métallique sans piliers intermédiaires. L'événement suscitait de l'intérêt, un intérêt de plus en plus grandissant tant dans les couches aisées de la population que dans les catégories sociales défavorisées. Au moment de l'installation de chaque élément constitutif de ce monument (pour l'époque, c'en était un), une annonce était lancée avec haut-parleurs et musique dansante. Ainsi assistait-on à tout un cérémonial quand il fallait planter les massifs d'ancrage, sortes d'alliage de béton et de fonte, dont la composition et l'achèvement prenaient plusieurs semaines. Les habitants de la région partageaient avec fascination et joie le travail des ouvriers qui ne voulaient laisser aucune place à l'erreur. Il s'agissait de **leur** pont, de celui que **leur** président avait eu « l'amabilité » d'offrir à la population. Les écoliers profitaient des journées de congé pour visiter les lieux et observer le travail colossal qui prenait graduellement forme sous leurs yeux. Puis ce furent, tour à tour, semaine après semaine, jour après jour, l'installation des sellettes disposées au sommet des pylônes, la disposition des pylônes sur lesquels s'appuyaient les câbles, l'arrimage des câbles d'ancrage, d'équilibre et de retenue, la fixation des suspentes, ces organes qui relient le tablier aux câbles porteurs. Enfin, on déposa le tablier pour supporter la chaussée. Le miracle s'était produit. Le pont était bel et bien suspendu sur Anse-Vierge. Fière et reconnaissante, la population attendit très patiemment la venue de son bien-aimé président. Il était sa **mine d'or**.

Les chefs sont aimés ou détestés selon ce qu'ils réalisent de bien ou de mauvais. Certains d'entre eux croient qu'ils *doivent tout rapporter à ce principe : ceux qu'ils ont à gouverner devront être aussi heureux que possible. Aussi la grandeur des chefs n'est-elle pas dans leur personne, mais dans la mesure où ils servent celle de leur peuple.*

Voilà que l'histoire d'une rivière et d'un pont allait faire naître chez un garçon de 13 ans tout l'espoir avec lequel on bâtit l'avenir. Ce garçon, dans l'attente d'un lendemain radieux, scrutait le temps pour trouver le meilleur moment de rompre toute dépendance à l'égard du présent qui l'accablait et le hantait.

L'ADOLESCENT

Toute la ville, toute la région, le pays tout entier chantait les louanges du président qui, contre toutes les muettes désespérances, avait fait jeter un pont sur la rivière aux mille histoires, rivière rebelle, responsable et témoin d'autant de malheurs que d'aventures, célèbres par leur étrangeté. Parmi la foule anonyme et sans visage, l'adolescent attentif et plein d'espoir fredonnait, par moments, l'air de reconnaissance que la population dédiait en toute innocence à la personne du président :

Na kite Dormine anrepo
Pou li pa mouri ak depo
Si l' fè kòlè l' wè Lalo
L'a oblije pran dlo
Nou pap sous'on zo.

Et chaque jour, au retour de l'école, Paul-Marien Néré pensait à ce qu'il pourrait entreprendre pour devenir l'ami du président. Quel projet caressait-il pendant tout ce temps-là ? Le temps où il allait seul, en dehors des heures de cours, les samedis et les dimanches en particulier, admirer l'œuvre tant attendue des citoyens de Jémine ? Le garçon se répétait avec conviction que si le président avait pu relier les rives opposées de cette grande rivière, peut-être qu'avec la grâce de Dieu, il ferait de lui, pauvre adolescent, un être moins vulnérable, par conséquent moins humilié. Alors, à l'église, à l'école aux prières du matin, il implorait le Tout-Puissant pour qu'il accorde le bonheur, la paix à ce grand chef d'État, pour qu'il prolonge la vie de ce généreux bienfaiteur.

Il était né à Jémine le 21 août 1936, dans un modeste quartier du nord-ouest de la ville. Bâtie en étages, épousant les marches de la colline de B., Jémine présente des paliers géomorphologiques qui, à l'époque, représentaient ses différentes catégories sociales. Au sommet, une bourgeoisie à peau claire détenait les capitaux qui faisaient fonctionner le commerce : achats et exportations de denrées tels le café, le cacao, le sisal. Elle était propriétaire de magasins de tissus, de produits de première nécessité au bas de la ville. C'était donc la classe dominante qui ne se mêlait pas aux autres couches sociales. Elle avait son club de nuit et son distingué *Excelsior* dont on ouvrait occasionnellement les portes pour recevoir les invités de marque. Au milieu, la classe moyenne en majorité à la peau d'ébène, dont une partie de petits commerçants travaillaient à éduquer leurs enfants au prix d'énormes sacrifices. Cette catégorie sociale avait fini par produire un groupe d'intellectuels avides de connaissances, mais sans grands moyens pour parvenir au stade de richesse dans lequel prétendaient vivre les autres. Ils étaient quand même avocats, médecins, professeurs, notaires, juges, quelques prêtres catholiques et pasteurs anglicans. Enfin, au bas de l'échelle, avec tout ce que cela comportait de discrimination et de mépris, croupissait le petit peuple, prêt à tout pour survivre. Inutile de tout étaler. Jémine était placée, avec ses 15 000 âmes, au sommet des préjugés sociaux. La ville recelait des plaisirs interdits que certains pratiquaient sans vergogne. Paul-Marien Néré aurait bien pu s'appeler P.-M. Lessage, si, au-delà de toute discrimination, son père du même nom avait daigné le reconnaître comme son fils, le sang de son sang. Monsieur Lessage à la peau claire, sans grande fortune pourtant, avait ressenti, un soir, la brûlante pulsion de poursuivre une femme sans défense. C'était dans un coin retiré au bord de la mer agitée. L'ombre, paraît-il, accroît la brutalité du geste. La jeune dame, tout le monde le savait, était démunie. Se parlait souvent à haute voix, seule ou parmi d'autres. On chuchotait partout qu'elle avait la tête ailleurs. Euphémisme pour ne pas tout directement affirmer qu'elle était atteinte d'une quelconque forme de folie. Quelle déchéance pour un homme qui s'abat avec autant de frénésie sur un être si fragile ! Devrait-on conclure que *toutes les tendances égoïstes qu'on trouve chez l'être humain : le culte de soi et le mépris des autres, prennent leur source dans l'organisation plus que séculaire des relations entre les hommes et les femmes ?*

De ce brutal accouplement était né ce garçon bâtard désiré ni par l'un ni par l'autre. Recueilli par sa tante, il fréquenta l'École des frères de l'instruction chrétienne. On lui enseigna alors que « le sort de chaque homme est décidé avant même qu'il n'ait vu la lumière du jour ; que bonheur et malheur lui sont prédestinés avant même sa naissance ; que nul homme ne peut détourner ce que Dieu a décidé ». Vieille conception augustinienne adoptée par l'Église ancienne qui s'opposait avec véhémence à celle de Pélage prônant de son côté le libre-arbitre chez l'être humain…

Paul-Marien Néré se résolut, malgré tout, à combattre le malheur prédéterminé, à tout faire, du moins, pour l'éviter. L'enfant qu'il était avait peine à croire que son père ne lui eût jamais fait signe. Ils se croisaient en pleine rue sans même se regarder. L'homme hautainement indifférent. L'enfant profondément blessé. Il n'avait jamais eu, rapporte-t-on, l'occasion d'être embrassé, même furtivement, par sa mère. C'est à peine s'ils s'étaient parlé une fois ou deux. Parce qu'au fond de tout cela, c'étaient la faiblesse de Paul et l'orgueil mal placé de l'autre qui étaient mis à nu. Car, celui ou celle qui a, dès le premier jour, reçu sur son front tout chaud le baiser de sa mère et celui de son père, peut connaître de grandes joies et respirer l'haleine de la vie. Hélas ! Ce n'était pas la situation qu'il vivait.

C'est à 13 ans que le garçon commença vraiment à comprendre le drame de son existence. Il se mit alors à rêver, grâce au pont, à ce qu'il ferait plus tard. Il avait traîné et devait supporter encore longtemps les pesanteurs sociales de son milieu. Il pensa aux études qu'il ferait s'il bénéficiait de l'aide du président. Cet homme n'avait-il pas réussi à joindre les deux rives de l'Anse-Vierge ? Désormais, le pont deviendrait à ses yeux le symbole de la réussite, la preuve de la capacité de tout être à atteindre le sommet. Pour lui, le gigantesque monument serait dorénavant le tremplin qui le projetterait sur une rive plus accueillante et plus belle que la sienne. Il obtiendrait un très sérieux coup de pouce de celui qui était devenu **son** président. Qui le ferait voyager à la capitale d'abord, à l'étranger ensuite. Il reviendrait, ses études terminées, en tenue d'aviateur. Car il avait souvent admiré (comme la plupart des enfants de son âge, et même des adultes) les exploits de ces pilotes, officiers de l'armée de l'air, qui faisaient monter dans le ciel leurs avions-chasseurs et qui faisaient mine de les laisser tomber, feuilles mortes, moteur éteint, à la dérive du vent. Puis, après les flamboyantes démonstrations de leur savoir-faire, ces messieurs déambulaient dans les rues, souriants et fiers, attendant de recevoir les compliments des villageois tout à fait ébahis.

Paul-Marien Néré était né pour survivre. L'aide du président serait pour lui le pont pour traverser la vie, la passerelle pour gravir les échelons, le sauf-conduit pour fuir la misère. Il se voyait déjà revenir de France ou des États-Unis d'Amérique du Nord, les épaules galonnées, uniforme kaki, képi écrasé sur sa tête au front bas, souriant et faisant peu de cas de ses amis d'antan. Ou peut-être, il accourrait vers Jémine pour aider, après le passage désastreux des cyclones en furie, les villageois en détresse ; pour transporter par avion de la nourriture à tous, même à ceux-là qui l'avaient autrefois méprisé. Afin de parvenir à ce stade, il mit les bouchées doubles. Travaillant sans cesse et méticuleusement. Mais en vain. Il n'était pas très doué pour apprendre. Son écriture, véritable calligraphie, représentait à ses yeux le gage du succès scolaire. Et il n'arrivait pas à comprendre pourquoi le « cher frère » lui attribuait toujours une note peu satisfaisante pour ses dictées alors qu'il y avait mis tout son cœur, toute son attention, alors qu'il avait pris soin d'en écrire proprement les mots. Sur sa table de travail éclairée d'une lampe de kérosène (quand l'électricité venait à manquer) étaient disposés ses livres et ses cahiers d'écolier, ses crayons et son stylo à encre qu'il manipulait avec grâce. Un enfant assez discipliné, mais combien dépourvu de talents pour aller très loin. Un jour qu'il marchait en rang serré pour prendre part à la cérémonie du salut au drapeau, accompagnée de la prière du matin, il fut interpellé par le frère directeur qui avait jugé sa démarche trop recherchée, parce que — contre toute tenue normale aussi — il gardait au coin de la bouche une allumette qu'il mâchait ostensiblement. Histoire de se distinguer des autres. Il avait toujours l'épaule droite penchée en diagonale. Quand arrivé au bureau du supérieur on lui en fit la remarque, Paul-Marien rétorqua avec une impertinence sans égale : « Cher frère, cela ne vous regarde pas du tout. » Il fut rudement fouetté pour avoir clamé une telle réponse.

Mais rien de tout cela ne pouvait désarmer ce garçon dans la poursuite du bonheur prochain qu'il croyait bien mériter. Car, se répétait-il, chacun porte en soi un soupçon de projet. Le sien, pensait-il, c'était ce que la construction du pont devait lui procurer : l'occasion de rencontrer le président, l'entretien qu'il aurait avec lui, au cours duquel il lui expliquerait en détail son existence précaire. Le sentiment de compassion qu'il soulèverait chez ce grand homme, bon dans sa pensée, généreux dans son âme, l'aiderait à concrétiser son rêve. Que devait-il tenter alors pour se lier d'amitié avec le chef de l'État ? Il n'était pas connu, pas doté d'un de ces noms qui fleurissaient en ville. Tout lui paraissait énorme et insurmontable : pourquoi un illustre chef d'État au sommet de sa gloire s'intéresserait-il à un illustre inconnu, un enfant de nulle part, sans attache et sans référence ? Toutes ces idées plus ou moins obscures étaient finalement balayées quand il décida d'écrire au président Dormine afin de lui ouvrir son cœur d'enfant orphelin, de lui avouer la vérité, toute la vérité sur son état.

Un vendredi après-midi, au sortir de l'école, le garçon se retira du côté nord-ouest de la ville, là où la noire rocaille offre aux vagues écumantes son flanc écartelé, là où le vent apporte aux oreilles des amants éperdus les nouvelles qui viennent d'ailleurs. Un peu plus loin, dans l'anse qui s'ouvre à mi-chemin du quai, une chaloupe dandinant, voile multicolore, cap sur l'océan, attira son regard. Au sein de cette barque, un homme debout, un pêcheur peut-être, tirait sa longue ligne. Espoir sans doute fragile de harponner le poisson qui viendrait s'accrocher. Paul parle, se parle. Il s'adresse à l'océan. Il va écrire bientôt. Il ne dira pas simplement des mots. Il faudra que sa parole soit habitée. Il murmure qu'on peut exprimer en si peu de mots *le peu de choses* vraies *qui comptent dans la vie*. Il cause avec la mer comme il le ferait avec une amie sincère. Il se dit qu'il est des portes ou des fenêtres qui donnent sur la mer, qu'on n'ouvre qu'avec des mots, seulement avec des mots. Il mûrit son plan, seul. Il ne dira rien à personne, sauf à un plus jeune que lui qui, dans la candeur du secret confié, n'ira jamais le divulguer.

La lettre au président

Jémine, le 16 août 19…
Président Désulmais Dormine
Palais national

Cher Président Dormine,

Je vous écris cette lettre pour vous dire merci d'avoir fait construire ce magnifique pont sur la rivière Anse-Vierge. Les Jéminiens en sont très fiers et le sont tout autant de leur président. Et moi, je le suis aussi. Je ne sais pas si vous vous imaginez le bonheur que vous avez semé dans la population. Partout, dans la ville et dans les campagnes avoisinantes, on ne parle que de vous. Vous êtes admiré, tellement estimé qu'on vous a surnommé « Mine d'or » pour la région.

Président Dormine, je m'appelle Paul-Marien Néré. Je suis pauvre parce que je ne viens pas d'une grande famille. Mon père ne me considère pas comme son fils (je n'ai pas la peau claire). Ma mère est une pauvre âme qui ne se reconnaît même pas, ne sachant pas comment elle s'appelle. Elle est confuse. Je vais à l'École des frères de l'instruction chrétienne. Je me débrouille bien. Je fais ce qu'on me dit de faire. J'apprends, comme je peux, mes leçons. Et je fais mes devoirs quand je n'ai pas trop faim. Vous savez, cher Président Dormine, qu'il m'arrive souvent d'aller en classe le matin sans avoir rien mangé et, au retour, je ne trouve pas grand-chose à croquer, obligé de continuer tout l'après-midi, la faim dans les entrailles. Je n'en veux à personne, mais je voudrais m'en sortir. Quand je regarde autour de moi les fils de gens aisés à qui on apporte du lait et des biscuits à chaque récréation, je ne peux m'empêcher de réfléchir à mon sort. Je voudrais m'en sortir, mais je ne sais pas comment. C'est pour cela que je m'adresse à vous, cher Président Dormine. On dit tant de bien de vous à travers la ville que vous êtes mon seul espoir de traverser cette rivière de la vie qui tente de me noyer. On rapporte aussi que vous êtes fils de paysans d'un autre coin du pays, que vous êtes un homme très intelligent (sans quoi, vous ne seriez pas devenu président). Moi, je ne le suis pas, mais je voudrais me rendre jusqu'au bout de mes capacités. Je vous prie de répondre à ma lettre, même si vous manquez de temps.

Je souhaite à vous et à votre famille une très bonne santé.

Respectueusement,
Paul-Marien Néré

Durant les jours qui suivirent l'envoi de cette lettre, l'attente fut extrêmement longue. Aussi longue et aussi angoissante que peut l'être l'éloignement d'une personne aimée ou disparue. Il n'avait que cela qui, au-delà de lui-même, pouvait briser les ailes du temps. Il vivait dans l'espoir d'une réponse qui n'arrivait pas. Chaque fois qu'il pouvait s'échapper de la maison, il se présentait au bureau de poste, demandait à parler au directeur qui était, d'ailleurs, un voisin pas trop distant. Il était bien obligé de lui confier son secret au moins à demi : il attendait une lettre importante de la capitale ; son avenir en dépendait. L'homme avait une voix grave et percutante, et quand il énumérait les noms, on aurait cru à ce moment-là qu'il donnait les résultats d'un quelconque examen de passage. Dans cette salle qui pouvait à peine accueillir une vingtaine de personnes, les gens restaient debout. Et lorsqu'ils étaient nommés, ils répondaient par un « présent » sonore de fierté et de satisfaction. Paul-Marien, pour éviter tout ébruitement de son secret, avait demandé au bon directeur de lui faire un signe de la tête tout simplement, au cas où... Monsieur Bonté avait accepté avec compassion, par amitié. L'attente devenait de plus en plus difficile à supporter au fur et à mesure que le temps passait et que le bruit courait que le président viendrait inaugurer le pont. Fatigué, un peu découragé, il prit la décision d'écrire une deuxième missive, se disant que, peut-être, la première avait été égarée, enfouie quelque part, et n'avait pu parvenir au chef de l'État.

Jémine, le 20 octobre 19…

Cher Président Dormine,

J'ai osé vous écrire une lettre, il y a plus d'un mois. Elle est restée sans réponse jusqu'ici. Ma situation n'a pas changé pourtant. Elle a même empiré. Mon oncle, protecteur de ma tante, me gronde chaque fois qu'il en a envie. Il ne rentre à la maison qu'à 8 heures du soir pour manger. Et c'est à ce moment-là qu'on met le couvert pour toute la maisonnée. À l'école, j'ai honte de le redire, mes camarades reçoivent du lait et des biscuits tous les jours au moment de la récréation. Tandis que moi, je n'ai rien.

Cher Président Dormine, j'ai fait un songe l'autre nuit : je me suis vu en votre compagnie, vous le grand Président et moi, le petit garçon ; vous me teniez la main pour me conduire à une grande école ; arrivé devant la porte d'entrée, vous m'avez pris par l'épaule et vous avez martelé au directeur de l'établissement : « Voici un enfant que je vous confie ; prenez-en soin, je vous en prie. »

Cher Président Dormine, je sais que vous pouvez m'aider. J'ai confiance en vous. J'aurai toujours confiance en vous.

Respectueusement,
Paul-Marien Néré

Quand le garçon se présenta le vendredi suivant au bureau de poste, l'horloge de l'église marquait les 11 coups du matin. La salle était pleine à craquer : qui attendait un colis venant de on ne sait où, qui soupirait, comme lui, après une importante réponse, la lettre, par exemple, d'une dulcinée venue passer des vacances d'été, et qui aurait été séduite par les mots d'un poète et le charme pittoresque du lieu. Le directeur commença de sa haute voix à citer des noms et des prénoms ou l'inverse : Madame Abélard Théodore, Monsieur Lecaze François, Monsieur Vilbrun Villefranche, Madame Portélérius Ablamite Ab… Il eut à peine le temps de terminer la lecture du dernier nom qu'une vilaine toux l'embarrassa si fort qu'il dut laisser sa place à son secrétaire. Celui-ci poursuivit cette énumération devenue à ce point ennuyeuse que les gens se croyaient en attente d'une sentence. Paul-Marien Néré, prononça-t-il, tout à coup. Il n'avait pas été mis au courant, le pauvre homme, de l'entente verbale conclue entre le jeune et le chef de bureau. Au point que, à l'appel de son nom, l'adolescent fut pris d'une grande émotion et d'une vive déception à la fois, tout de suite atténuées par la satisfaction de recevoir enfin la réponse du président à ses deux lettres. Car qui d'autre aurait pu lui écrire, puisqu'il n'avait d'amis ni en province ni à la capitale. Il reçut son enveloppe estampillée du sceau présidentiel. Un sourire au coin des lèvres, il disparut aussitôt. Rentré chez lui, il confia sa joie à son ami plus jeune qui habitait la même maison que lui. Et ils lirent ensemble le texte du président.

Dormine était un puriste qui maniait la langue française avec souplesse, justesse et dextérité. Il écrivait à un garçon de 13 ans. Il en était conscient. 13 ans, pensait-il, c'est l'âge où l'on bâtit des rêves grandioses, où l'on s'émerveille devant la nature des choses accessibles ou interdites. Alors il s'était mis à la portée de son jeune correspondant en s'évertuant à lui écrire simplement, sans pour autant tenter de diluer le message qu'il comptait lancer à la jeunesse de son pays par l'intermédiaire de ce jeune adolescent zélé. Il s'adressa à Paul-Marien dans les termes qui suivent.

Palais national, République d'Haïti, le 1er novembre 19…

Monsieur Paul-Marien Néré
Jémine (Haïti)

Cher monsieur Néré,

Si j'ai tardé à accuser réception de vos deux gentilles lettres, c'est parce que, vous l'aurez sans doute deviné, j'ai été accablé par le temps. Certaines affaires qu'il fallait régler, des conflits à résoudre, et surtout, des projets à élaborer pour le progrès du pays tout entier.

Je suis, comme vous le savez, d'origine paysanne. J'ai beaucoup étudié pour parvenir, après avoir été député du peuple, au timon des affaires de l'État. La chance m'a souri aussi. Mon étoile a brillé dans le ciel des espoirs permis. « Ceux qui vivent sont ceux qui luttent. » J'ai dû déployer beaucoup d'efforts pour atteindre partiellement mon but. Il me reste du chemin à parcourir pour combler les besoins des classes intermédiaires et défavorisées de mon pays. J'y parviendrai. J'en suis certain. Ma vision d'Haïti est pareille à celle d'un pasteur qui conduit ses brebis vers un vert pâturage à la recherche de l'eau fraîche et de l'air serein, contribuant ainsi à améliorer la vie. La jeunesse de mon pays est pour moi la semence dans la terre à cultiver… J'ai conçu pour elle, durant mon mandat actuel et celui à venir, un projet éminemment ambitieux qui placerait cette classe à laquelle vous appartenez, sinon au sommet, du moins au même niveau que les habituels nantis de la société. Voilà pourquoi je me propose de vous accorder une bourse d'études qui vous permettra d'entrer à Port-au-Prince d'abord pour commencer et terminer vos études secondaires. Ensuite, l'État vous prendra en charge en vous envoyant aux États-Unis d'Amérique du Nord apprendre à piloter les avions (toutes catégories utiles à nos besoins).

La lettre se terminait par les formules de circonstances dignes des chefs d'État, telles *Agréez, Monsieur, l'expression de ma très haute considération*… suivies de la signature du président Désulmais Dormine.

Curieusement, le contenu de la lettre du président était tel que Paul-Marien se l'était imaginé. Un texte plein de bienveillance et de compassion. Comme le garçon le souhaitait, il reviendrait après 5 ans de son fabuleux voyage à l'étranger (le président serait là pour l'accueillir). Il serait intégré dans l'armée de l'air. Le chef voyait déjà en ce garçon, combien volontaire, un modèle pour les classes démunies de la société. Car son objectif, c'était de donner à la jeunesse haïtienne l'opportunité de gravir les échelons. Le bonheur était à son comble quand Paul-Marien lut (il avait peine à le croire) que le président viendrait personnellement à Jémine dans les prochains mois, dans les prochains jours pour inaugurer solennellement le pont. Qu'il aurait l'opportunité de le rencontrer, de toucher sa main paternelle et d'être présenté à l'un de ses conseillers spéciaux. Ceux-ci se feraient le plaisir de préparer sa rentrée à l'école qu'il devait fréquenter sous peu. Là, comme un architecte qui conçoit bien son plan et l'exécute presque à la perfection, le président n'avait rien laissé au hasard sauf quelques menus détails. Paul-Marien deviendrait, selon lui, un ambassadeur du gouvernement auprès des jeunes de sa « race ». Car ce projet s'étendrait à tous les chefs-lieux d'arrondissements et de départements.

Tout en lisant enfin les félicitations du président pour son courage, sa détermination et son sentiment d'appartenance à la classe des moins favorisés, le garçon souriait. Il avait les yeux remplis de larmes…

Le président

La nouvelle de l'arrivée du président Désulmais Dormine à Jémine fut annoncée dans l'allégresse, dans une atmosphère de fête populaire. Intellectuels, bourgeois, commerçants, paysans ouvrirent grand leur cœur à l'annonce de la visite prochaine de l'homme bienveillant, amical et honnête. Un président si prestigieux dans les murs de la ville ! Deuxième cadeau du ciel, cette fois ! Jémine se fit belle dans ses accoutrements. Les maisons peintes ou retapées, décorées aux couleurs nationales. Jardins de fleurs de laurier exhalant leurs parfums de bonheur et de bienvenue. La ville devenue plus coquette, son arbre flamboyant trônant sur la grande place, au pied de l'église, affichait un sourire contagieux. Jémine, ville des poètes, que les chœurs de jeunes filles se promenant le soir glorifiaient en chansons : des voix limpides et combien mélodieuses. Les rues asphaltées étaient parfaitement nettoyées ; les autres en terre battue, dépoussiérées, légèrement arrosées. La fête s'annonçait exaltante et belle. N'eût été la construction du pont, l'illustre visiteur ne serait pas venu. Car, à son avènement au pouvoir, il n'était ni connu ni aimé. En effet, les circonstances qui l'avaient amené au timon des affaires n'étaient pas très claires. La révolte étudiante de 19… venait d'emporter le gouvernement d'un chef d'État honni du grand public, et qui favorisait, soutenait-on, les bourgeois à la « peau claire ». Dormine arriva pour changer l'allure de la République. Il voulait accorder l'égalité des chances aux groupes démunis de la société.

Désulmais Dormine, woule m de bò, peyi a se pou ou, chantait avec ferveur le peuple dans toute sa candeur. C'était comme une prière qu'il adressait au ciel pour que Dieu bénisse toutes les réalisations de Monsieur le Président.

Dans la foule en liesse, Paul-Marien était là, qui attendait. Au jour J, dans la rade de Jémine habitée par le vent, trois bateaux pointèrent. Trois navires portant chacun le nom d'un lieu historique ou d'une bataille ayant fait tache d'huile dans l'épopée de 1804. Sur le quai auquel ces navires venaient d'aborder, la foule reçut avec ferveur le président à qui furent présentés en premier lieu les honneurs militaires. Puis il prononça son premier discours :

« Je suis venu découvrir cette ville ancrée dans l'anse dont on m'a tant parlé. Et comme Christophe Colomb avec ses trois caravelles, je suis venu admirer la ville que chantent ses poètes. J'apporte avec moi tout ce qui peut contribuer à faire de Jémine le symbole de réussite de mon gouvernement. Comme l'Amiral, exalté autrefois par la beauté des lieux, je m'écrie : "Merveille, quelle merveille !" Pour saluer Jémine qui s'élève sous mes yeux en gradins proportionnés, de la mer jusqu'à la colline de B. »

Ovations soutenues d'une population conquise, complètement conquise. Enthousiasme délirant de gens qui s'abandonnent à considérer déjà le chef comme un envoyé de Dieu. Paul-Marien était là et attendait son tour. Le cortège s'ébranla vers l'église où tous les prêtres de la paroisse s'étaient rassemblés pour chanter le *Te Deum laudamus*. Louanges au Créateur pour ses bienfaits et surtout pour avoir donné au pays un si grand homme comme président. Puis, poussé par la foule qui chantait et dansait, il fut conduit à la salle où le vin d'honneur devait lui être offert. Officiers et officiels, membres de la mairie et autres distingués invités attendirent religieusement que le chef de l'État leur adressât la parole au nom de son gouvernement. Devant le gratin de la classe bourgeoise, Désulmais Dormine prononça son deuxième discours. Quand on lui présenta la mère du général-chef d'état-major de l'armée dont on craignait une main basse sur le pouvoir durant son absence de la capitale, il parut profondément ému. Fin diplomate qu'il était, il prononça cette phrase devenue célèbre, qui fit tressaillir de joie et d'émerveillement toute l'assistance :

« Madame, permettez que je vous embrasse, je suis votre troisième fils. » (Applaudissements nourris)

Le deuxième enfant de cette dame était, en réalité, le commerçant le plus riche de la ville. Il était affable, respecté de tous. Paul-Marien, jusque-là, n'avait pas encore vu le président. Il avait mis son unique petit complet bleu clair qu'il portait d'habitude à l'occasion des fêtes et des grandes cérémonies religieuses. Car il croyait encore en Dieu. Sa tante le lui avait fait confectionner par un tailleur réputé. Pendant qu'il parcourait la ville à la recherche d'un laissez-passer, il commençait à sentir la fatigue pénétrer dans ses reins. Il se voyait peut-être oublié. Des pensées obscures envahirent son esprit. Comment son président aurait-il pu oublier d'aviser les autorités compétentes de le laisser entrer dans l'endroit où se déroulaient les cérémonies ? Lui aurait-on barré la route ? Qui aurait pu tramer ce coup bas ? D'ailleurs, on ne le connaissait pas. Qui aurait organisé la fuite de son projet vital ? Tout était-il perdu pour lui en cet instant ? Il décida de continuer son chemin en dépit des obstacles rencontrés. Il ira aussi à Carrefour-Bac assister à l'inauguration du pont, dans la chaleur, sous le soleil, la tête tout en sueur, le front tantôt chaud d'espoir, tantôt froid d'inquiétude et de peur.

La population continuait à chanter les louanges du président. Elle dansait, dansait, grouillait follement. Tout était vrai, palpable, sensible aux émotions qui agitaient les cœurs. Une chanteuse populaire, venue de Port-au-Prince, avait traversé la ville en interprétant plusieurs chansons qui rendaient hommage au président, mais qui traduisaient la crainte que nourrissait le peuple à l'égard des militaires qu'on disait capables de tout :

Popilas la kontan
Li resevwa Prezidan
Dormine met pon nan Jemin
Tout moun wè l' se you bon zanmi.
La population est contente
Elle reçoit le président
Dormine a construit un pont à Jémine
Tout le monde voit qu'il est un bon ami.

Malgré l'angoisse qui subrepticement s'installait dans son âme, Paul-Marien chantait à l'unisson avec cette foule qui bougeait, qui bougeait, qui entonnait toujours :

Na kite Dormine en repo
Pou li pa mouri ak depo
Sil fè kòlè l' wè Lalo
La oblije pran dlo
Nou pap sous'on zo
Fichons la paix à Dormine
Afin qu'il ne meure pas de traîtres coups
S'il se met en colère, c'est Lalo qui viendra
Il sera obligé de partir
Nous serons privés de ses bienfaits.

Le discours de Dormine au centre de Carrefour-Bac était attendu. Il devait être le bouquet de fleurs embaumant la vallée. Le président lui-même en était conscient. Il fallait marquer l'histoire de son empreinte pour que, de génération en génération, ses propos se répètent en écho. Le pont était là comme déposé au-dessus de la rivière. Majestueux, splendide. Quel spectacle remarquable, éblouissant ! La nature s'était vêtue de sa robe d'apparat pour ouvrir ses bras au noble visiteur. L'eau était calme en signe d'apaisement, tandis que, tout autour, le peuple était prêt à s'abreuver religieusement des paroles de l'illustre visiteur. Paysage vert, essences tropicales nourries par les eaux de la rivière. La fraîcheur du lieu, le vent dans le feuillage, tout invitait à l'harmonie entre la nature et l'homme. On annonça l'arrivée de l'être providentiel.

La foule s'émeut. Les soupirs de joie et de reconnaissance envahissent l'atmosphère. Puis on se tait. Le silence absolu. Le chef de l'État, bien entouré, bien protégé aussi, prend la parole :

« Je vous avais promis de mettre fin à vos difficultés. J'ai tenu parole. Il fallait de toute urgence construire ce pont pour garder la place de Jémine, la magnifique au sein de la presqu'île. Je vous remercie de n'avoir pas perdu confiance. Je vous remercie d'avoir tant attendu. Je remercie du fond du cœur les artisans de cette œuvre grandiose : ingénieurs, ouvriers, paysans, enfin tous ceux qui ont travaillé d'arrache-pied à la réalisation de cette œuvre d'art. Votre pont, en effet, brille dans toute sa splendeur, étendu sur le cours d'eau comme un bateau immobile et souverain attaché à son port. »

La foule ne cesse d'applaudir, elle chante, elle danse. Dansera-t-elle toujours ? Paul-Marien essaie d'aborder la garde rapprochée du président. Il ne réussit pas. Les choses paraissent plus difficiles qu'il ne l'a cru jusqu'ici. Il faut, pense-t-il, agir autrement. Il attendra que le chef soit rentré à la maison d'accueil pour essayer de le joindre. Il ira plus loin. Il tentera le tout pour le tout. Il osera.

C'est ce qu'il fit quand le président, de retour à la résidence de la mère du général, voulut, avant d'aller se reposer, saluer le peuple qui l'attendait encore.

« Président Dormine, c'est moi ! C'est moi, Paul-Marien ! Vous m'avez oublié ! Vous m'avez oublié, Président ! » C'est la voix jeune et innocente du garçon criant comme un appel au secours dans un moment de grand désespoir, agitant les deux bras et sautillant d'impatience éclatée. Le chef de l'État se penche du côté d'un conseiller et, désignant de la main l'adolescent qui l'interpelle, il souffle ces quelques mots :

« Qu'il vienne jusqu'à moi ! Je me reconnais en lui. »

Ce fut ainsi qu'on ouvrit la voie à Paul-Marien trépidant de joie. Dans l'allégresse du moment, il échappa le mouchoir blanc qu'il tenait du bout des doigts.

Le salon de la maison où habitait la mère du général, déjà coquette, s'était rajeuni pour la circonstance. Paul-Marien voyait pour la première fois le salon d'une personne riche appartenant à une classe supérieure à la sienne. Il en était émerveillé. Deux paires de fauteuils bourrés et un canapé en bois mouluré, sculpté, doré. Les fauteuils et le canapé reposaient chacun sur des pieds fuselés, cannelés, rudentés. Accrochés aux murs, de beaux tableaux (des reproductions, sans doute, de grands peintres) illustraient pour la plupart des pans d'histoire de la société française du XIXe siècle : *La mort de Murat* de David, *Le massacre de Chios* de Delacroix, *Les Nymphéas* de Monet et un *Autoportrait* de Van Gogh. Une horloge en coffret représentant un buste marquait solennellement le temps. Un grand piano à queue occupait une place réservée. Deux miroirs ovales disposés de telle manière que le visiteur pouvait, un tantinet de coquetterie, se mirer, s'admirer même aussi bien à l'entrée qu'au sortir de la salle.

La rencontre avec le président se déroula comme l'avait toujours imaginé le garçon timide. Assis en face du jeune et flanqué d'un secrétaire attentif à ses moindres gestes, Dormine montrait une grande compassion pour les plus humbles en même temps qu'il gardait une certaine retenue à l'égard des bourgeois dont il voulait adoucir le caractère agressif afin de protéger la classe sociale dont il était issu. Paul-Marien, quoique jeune, avait senti cela. Le peuple, dans sa sagesse, a bien raison, se disait-il, de chanter :

Désulmais Dormine, roule m' de bò Désulmais Dormine, tournez-moi des deux côtés. C'était magique.

Le président confirma, sans rien y changer, la promesse qu'il avait faite à ce jeune qu'il appelait désormais son protégé. L'inconvénient majeur cependant, c'est qu'il ne repartirait pas, pour des raisons d'État, accompagné de l'adolescent dans l'une de ses trois corvettes. Paul-Marien, dans son rêve d'enfant, s'était figuré un tout autre dénouement. Au bout d'une heure d'entretien, il sortait quand même enchanté par ce qu'il venait de constater, d'entendre et de vivre. Il allait sans délai prolongé, dans quelques semaines, dans un ou deux mois peut-être, traverser la Pointe-Bec, découvrir la haute mer et affronter les vagues qui s'enroulent et se déchaînent en approchant les rivages des villes alignées sur la côte comme des phares éclairant de possibles naufragés. Il aboutirait fièrement au premier palier de son rêve.

Très satisfait pour sa part, le président était finalement reparti, soucieux pourtant des lendemains incertains qui l'attendaient. Jémine, pendant ce temps, rêvait encore, les yeux mi-clos, aux bons moments passés en compagnie du chef bien-aimé. Comme pour prolonger la fête, des nuées d'hirondelles envahirent le ciel, piaillant, chantant des mélodies dont seuls des musiciens seraient en mesure d'apprécier. On constate d'ailleurs que même dans les pays chauds aux invariables saisons, l'hirondelle annonce aussi le printemps.

19… Un certain jour de mai. Innombrables foules, visages consternés, voix étouffées par l'émotion, yeux terrifiés. La nouvelle tombe et frappe comme un coup de tonnerre : « Prezidan Dormine mouri, gouvènman an tonbe. » Le président Dormine est mort. Le gouvernement vient de tomber. Des soldats armés, surveillant la ville, maîtrisent la foule en pleurs et les autres bandes qui se forment au fur et à mesure que les esprits s'échauffent. Les Jéminiens n'en croient pas leurs yeux, leurs oreilles fragiles. Le frère du général vient les rassurer. Le président n'est pas mort. Il s'est absenté. En fait, il est parti pour l'étranger. Les questions fusent de toutes parts. « Parti pour revenir ? Revenir quand ? Parti pour toujours ? Pourquoi ? Qui a fait le coup ? Ce n'est sûrement pas le général. Il n'en serait pas capable. Il est trop bon pour commettre une telle trahison. À qui profite le crime ? Un colonel en est responsable. Quel est son nom ? » Personne n'ose le prononcer. Officiers et soldats sont là qui surveillent et musellent tout aveu. La parole est emprisonnée. Les gens du peuple hurlent et crient vengeance, tandis que des citoyens, qui hier encore applaudissaient chaudement l'être « providentiel », sont déjà disposés à prêter allégeance au nouvel homme fort du pays écartelé. Tout change. Tout peut changer. « L'espace d'un cillement », du jour au lendemain. *Il y a dans la foule une beauté dormante dont seuls le poète et le héros peuvent tirer de fulminants éclairs. Quand cette beauté est révélée par la clameur soudaine qui éclate dans la place publique ou dans la tranchée, un torrent de joie enfle le cœur de celui qui a su la susciter par sa verve, sa harangue ou la marque de son épée*. Ces propos reflètent bien le destin du bien-aimé président déchu.

Paul-Marien n'a que 13 ans. Face au tumulte des événements, il sort de chez lui. Il écoute. Il entend. Il est étourdi, hébété. D'un seul coup de force, il est écarté du plan. Il en est effacé. Il en est déçu, terrassé par le sort qui, croit-il, lui est jeté. Le mari de sa tante, profondément ancré dans la magie, lui avait d'ailleurs prédit un sombre avenir quand injustement il le grondait. Est-ce cela, la volonté de Dieu ? Il en est révolté. Cinq années plus tard, il abandonnera ses études à mi-chemin du secondaire, fréquentera des hommes plus vieux que lui, qui l'orienteront vers d'autres voies plus scabreuses où la croyance en l'existence de Dieu fera plutôt place à celle du diable. À vingt ans, il ira enseigner à l'École des frères de l'instruction chrétienne (là où il avait commencé à rêver de lendemains meilleurs), ayant pris soin, bien sûr, de cacher à ses supérieurs ses nouvelles tendances, son penchant pour les forces obscures. Un emploi maigre, mais assuré pour un certain temps. Malheureusement, il sera congédié quelques années plus tard. Comportement empreint de magie, de sorcellerie, l'accusera-t-on, dangereux pour les enfants. Livré à lui-même, l'esprit confus, il tentera autre chose : il s'abandonnera entièrement au diable.

Et, puisqu'il s'agit, se dit-il, d'un mauvais tour où le sort aveuglément frappe, il ira dans le ciel jouer avec les étoiles. Il se fera, dans les faits, sorcier, magicien pour y parvenir. Il sera pris à son propre piège, se croyant vraiment capable de filer dans les airs en projetant une traînée de feu, de guérir toutes sortes de maladies. En somme, il deviendra un hougan très connu dans la région, promettant la réussite à tout venant : politiciens, commerçants, même prêtres catholiques et autres courtisans du pouvoir établi. Il mènera ainsi sa vie sachant bien que, non loin, d'autres sorciers plus forts que lui veillent au grain. C'est le jeu macabre de la lutte pour la vie où chacun joue à *qui perd gagne*. Ses rivaux, toujours prêts à le combattre, finiront par gagner la partie. Ce sera alors pour lui la fin de tous les rêves, de toutes les illusions ou bien l'issue fatale de l'un de ces jeux de Dieu.

Deuxième volet

L'amour au temps du grand désastre

Un appel téléphonique de Valérie et Benoît Dufort vient de confirmer la rencontre bimensuelle à laquelle je participe depuis longtemps avec ce couple ami :

« Aujourd'hui, ajoutent-ils, nous recevons plusieurs invités. Nous espérons, cher Marc-Yves, que tu ne seras pas intimidé par leur présence. Nous t'attendons, comme à l'accoutumée, au début de l'après-midi. » En fait, les Dufort, en me prévenant de la visite d'autres personnes chez eux, ont tout simplement voulu m'aider à surmonter ma timidité légendaire. Car quiconque m'a déjà côtoyé sait que je ne parle que très rarement en public, mais que j'observe attentivement tout ce qui s'active autour de moi. Bref, me voilà donc intégré à un groupe de cinq convives : Béatrice Didier, Richard Francis, Sophie Lieutard, Malherbe Bellegarde et Renaud Numas. Nous vivons tous les six à Montréal.

Assise dans un coin du salon, Béatrice Didier, médecin orthopédiste, devise agréablement avec nous sur les faits, les événements divers qui ont rempli la carrière professionnelle de chacun. Un dimanche après-midi. C'est l'été. Six personnes de la même origine sociale, mais venues de coins différents du pays natal s'entretiennent au sujet de tout. Les migrants sont un tantinet chauvins quand ils évoquent les souvenirs qui ont bercé ou quelquefois secoué leur enfance ou leur adolescence. Ils ont toujours la vague à l'âme même quand ils ont déjà trouvé leur chemin, ensemencé la terre qui les a accueillis. L'allure de l'échange est tantôt vive, tantôt mélancolique. Béatrice, quoique de formation scientifique, pense que tout ce qui existe sur terre n'est qu'un simple effet de la volonté de Dieu.

— Regardez, s'exclame-t-elle, tout autour de nous témoigne de la présence divine. *Les oiseaux dans le ciel ne sèment ni ne moissonnent…*

Cette affirmation lancée au beau milieu de la conversation traduit chez la médecin une certaine innocence. Richard, toutefois, se laisse aisément convaincre. Il appuie d'un signe de la tête les propos de l'orthopédiste. Sophie, plus matérialiste que croyante, conteste :

— Nous suivons le chemin que nous nous sommes délibérément tracé. Rien d'autre qui vaille, mes amis. Un peu de réalisme, s'il vous plaît ! D'ailleurs, il y a eu et il y a encore tant de malheurs à travers le monde ! Le Créateur en serait-il responsable ? Ne faudrait-il pas plutôt nuancer nos propos : *les oiseaux du ciel ne sèment ni ne moissonnent*, pourtant ils volent, voltigent, picorent pour se nourrir et, comme nous, ils meurent. Dieu a-t-il voulu, par exemple, que notre pays d'origine soit dans ce pitoyable état ?

— Vous ne prétendez pas, surenchérit Renaud, que le Seigneur ait souhaité toutes ces guerres, ces cataclysmes qui déciment, à travers le monde, des populations entières.

Béatrice réfléchit pendant quelques instants. Sa foi profonde l'interpelle. Elle entreprend un long discours dans lequel elle raconte son cheminement, décrit la route parcourue jusqu'ici. Elle a en effet étudié la médecine à l'université de sa ville. Puis elle est partie en Allemagne se spécialiser en orthopédie. Arrivée à Montréal au début des années 1980, elle entama des études de psychologie clinique. Deux spécialités qui ne concordent pas apparemment, mais qui, à la vérité, sont intimement liées. *Un esprit sain dans un corps sain, martelait-elle souvent à ses patients*. Un jour, alors qu'elle soignait un accidenté à l'hôpital où elle travaillait, elle rencontra un prêtre catholique qui s'émerveilla devant sa foi vivifiante et qui l'invita à témoigner de son sentiment d'impuissance quand elle avait tout essayé pour guérir et le corps et l'âme. Elle comprit que sa science avait besoin d'une autre forme d'aide qui apporterait aussi bien à elle qu'au patient un certain réconfort. Ce devait être le début d'un long témoignage, celui de la plus grande, de la plus belle aventure de sa vie professionnelle.

2014. Béatrice a 60 ans. Elle croit de plus en plus – pour répéter un vieil adage – que l'âge amène la sagesse, que la raison comme le vieillissement rapprochent l'être humain de Dieu. Elle remonte à son enfance pour parler de ses peurs, de ses doutes, de ses appréhensions des forces du mal que seule sa confiance dans le Tout-Puissant peut fermement combattre. Elle considère la foi comme une étincelle de vie, une flamme qui bouge ; elle est agissante et prometteuse de toute vérité. Béatrice cite Kierkegaard : *La foi est la plus haute passion de tout homme. Il y a peut-être beaucoup d'hommes de chaque génération qui n'arrivent pas jusqu'à elle, mais aucune ne va au-delà d'elle.* Elle s'arrête soudainement. Ses amis attendent la suite.

— Je vous affirme, martèle-t-elle, que tout ce qui nous touche, nous blesse ou nous réjouit vient du Très-Haut. Je soigne depuis le 15 mars 2010 une jeune femme, une Haïtienne surprise par le séisme qui a frappé si terriblement notre terre natale.

Et Béatrice Didier se concentre un moment. Puis elle relate l'histoire d'un couple de jeunes follement épris l'un de l'autre. C'est le récit qui suit.

Gertrude avait 18 ans quand il rencontra Rémy, d'une année plus vieux qu'elle. Elle venait du Sud, lui était originaire de l'Ouest. Port-au-Prince, en ce temps-là, pourtant pas si lointain, dégageait encore, du moins dans les hauteurs, un air frais et doux. Kenscoff et Pétionville, La Boule et Boutillier servaient encore de lieu de villégiature. Éloignement du centre de la grande ville qui recevait déchets nauséabonds, pourritures de toutes sortes. De fortes averses achevaient de transformer les rues commerciales du Bord de mer en des îlots de dépotoirs. Tout paraissait déjà comme le début d'une ère psychédélique. Gertrude et Rémy s'aimaient profondément au milieu de tout cela. (La voix de Béatrice semble s'émouvoir)

— Mais qu'y a-t-il de si triste, lancèrent en chœur Renaud et Malherbe, pour que tu perdes ainsi le ton ? Tu as le souffle haletant !

— Je ne peux anticiper sur ce qui va arriver. Je veux vous montrer tout simplement que le destin, appelez cela comme vous voulez, conçoit les événements différemment de ce que nous désirons. Et puis... *La voie des humains n'est pas en leur pouvoir, et il n'est pas donné à l'homme qui marche de diriger ses pas.*

Gertrude et Rémy s'étaient rencontrés à un bal de carnaval. Masqués, ils s'étaient courtisés par des gestes anodins, des regards muets, désirs non ouvertement déclarés. Puis Rémy s'était conduit en gentilhomme : il avait écrit aux parents de Gertrude, comme le voulait la tradition, pour leur demander la main de leur fille. À celle-ci il avait murmuré maintes fois que leurs sentiments n'auraient pas de fin. Des mots tendres pour tout exprimer : aveux d'émerveillement, chansons d'ivresse intime, parfums d'éternels étés, rares moments de tristesse, soupçons d'éternité : « Tu viens dans ma vie d'adulte jeune comme pour l'ensoleiller », avait soufflé le jeune garçon à l'oreille de la fille tout éblouie. Ils auraient pu se marier à Port-au-Prince, mais ils n'avaient pas encore entrepris des études universitaires. Quel aurait été leur avenir s'ils l'avaient de sitôt scellé ? Le futur appartient à ceux qui savent bien le construire. La vie dans cette ville, après la dictature trentenaire, présentait, malgré tout, à différents égards, des allures de promesse. Le monde était ouvert à toutes les espérances pour un pays trop longtemps ignoré. Ils auraient pu y rester, ces jeunes fiancés, pour en profiter éperdument, mais ils choisirent plutôt l'exil temporaire qui devait les conduire à Toronto d'abord, à Montréal ensuite. Difficiles furent les débuts dans la ville reine. La recherche, sans aucun diplôme, d'un emploi bien rémunéré, l'adaptation à l'humidité du climat continental, et surtout l'absence d'amis chers pour les entourer les firent pencher pour Montréal. Montréal bordé par le Saint-Laurent, *ce grand fleuve qui marche.* Le migrant ne choisit pas toujours son pays d'accueil. Dans la plupart des cas, c'est le pays qui reçoit qui s'impose à lui, favorablement ou non, cela dépend du temps. Montréal était ouverte, plus accessible que Paris des années 1970. Montréal avec ses parcs, ses lieux de promenade, ses chansons immortelles :

Il a neigé à Port-au-Prince,
Il pleut encore à Chamonix
On traverse à gué la Garonne
Le ciel est plein bleu à Paris
…
Fais du feu dans la cheminée,
Je reviens chez nous.
S'il fait du soleil à Paris,
Il en fait partout.

Ces airs mélodieux qui accompagnaient leurs éblouissements traduisaient aussi et déjà la nostalgie qu'éprouvait leur âme.

Moi, mes souliers ont beaucoup voyagé.
Ils m'ont porté de l'école à la guerre.
J'ai traversé sur mes souliers ferrés
Le monde et sa misère.

La misère, Rémy en avait déjà pressenti toute la profondeur. Jeune, il avait accompagné son père diplomate en Amérique latine, au Brésil plus précisément. Il avait vu des favelas, ces bidonvilles, ces zones de « non-droit », dangereuses, caractérisées par la violence aveugle, l'occupation inégale de l'espace urbain. Le vice, le banditisme, l'avilissement de l'être humain se côtoient et sont rois. Sur des collines superposées, on construit des maisons multicolores irrégulièrement alimentées en électricité par des fils qui traversent des ruelles, et dont tous les habitants se servent de façon anarchique et sans acquitter aucuns frais.

Rémy se souvint que son père lui avait, un jour, fait cette remarque :

— Ce que tu vois là, mon garçon, n'est que la pointe de l'iceberg. *La misère n'est pas moins pénible au soleil.* Elle y est encore plus brûlante, quoi qu'en pensent certains. La grande pauvreté frappe partout dans le monde, atteint même les pays les plus riches. C'est un véritable fléau qui touche les parties les plus vulnérables de la population : les banlieues de Paris, les bas-fonds de Mexico et, plus près de nous, les bidonvilles de Port-au-Prince : Cité-Soleil, Boston, etc.

Et, pour tenter d'en apprendre davantage, l'adolescent avait posé cette question à son père :

— Sont-ils tous des mendiants, les gens qui habitent les bidonvilles ?

— Non, ils ne le sont pas tous. On trouve parmi eux des vendeuses, des serveurs, des petits fonctionnaires, des employés de petites entreprises qui, incapables de payer un loyer en ville, viennent s'accrocher à un logement à la mesure de leurs modestes revenus. Ainsi s'enfoncent-ils dans ces lieux à leurs risques et périls, vivant parfois sous le contrôle de trafiquants de drogue dans des espèces d'États dans l'État.

Bref, Rémy avait été assez bien informé sur ce délicat sujet. Son arrivée à Montréal devait être le début d'une démarche constructive qui lui permettrait d'obtenir son diplôme d'ingénieur, d'acquérir de l'expérience, d'apprendre des techniques modernes pour enfin, quand ce serait le temps, retrouver sa terre et participer au développement de celle-ci.

À Montréal, tout était nouveau à leurs yeux d'habitants des îles. Tout se dessinait devant eux comme des images d'une éclatante splendeur, comme le reflet de leur prochaine renaissance.

Les années quatre-vingt-dix trouvèrent Gertrude et Rémy en pleine effervescence novatrice. Tandis qu'en Haïti on avait procédé aux premières élections libres et démocratiques depuis des décennies, à Montréal les Haïtiens maintenaient la pression sur les autorités canadiennes pour que le processus démocratique interrompu par le coup d'État militaire reprenne son cours. Avec enthousiasme, les jeunes amoureux offrirent leur aide à la cause, en participant à la résistance contre le rétablissement de toute dictature éventuelle au pays natal. Les réunions, les manifestations de solidarité les avaient l'un à l'autre soudés. Au point que leurs camarades d'université n'avaient pas hésité à les comparer à des *inséparables*, ces petits oiseaux qui — on ne sait pourquoi et par quelle sorte d'instinct — parviennent à se tenir l'un auprès de l'autre en se bécotant à chaque minute, comme s'ils étaient conscients de leurs gestes affectueux ; virevoltant et se reposant ensemble, au même moment. La nature révèle parfois d'étonnants secrets. Partageant les mêmes idéaux de démocratie et de justice sociale, des idéaux de progrès pour leur pays et pour le monde, Gertrude et Rémy souhaitaient retourner à Port-au-Prince au moment où la terre natale leur serait plus attrayante pour une plus grande liberté d'action, pour la cristallisation d'un légitime espoir.

Assis par terre un soir devant la grande croix au sommet du parc Mont-Royal, contemplant Montréal scintillant de lumières disposées en croisées, brillantes comme des étoiles planant sur la ville, ils décidèrent de séjourner quelques années au pays pour parfaire leur formation. Gertrude choisit les champs pédagogiques, Rémy opta pour le génie civil.

Ils mèneront de front études universitaires et activités communautaires pour signifier leur nette volonté de retourner, dès que l'occasion se présentera, au pays natal afin d'aider leurs compatriotes à bâtir l'avenir.

Béatrice s'arrête un instant. Elle éprouve une certaine appréhension. Celle de continuer, de se trahir elle-même. Elle aimerait prolonger l'histoire qu'elle est en train de faire vivre à ses amis. Est-ce vrai ce qu'elle raconte ? Est-ce pure invention de son imagination fertile ? Celle-ci révèle souvent le Moi à lui-même. S'agit-il de son propre vécu ou quelque chose de semblable qu'on lui aurait rapporté ?

Béatrice est une femme forte – comme on se plaît souvent à le répéter – qui a connu de multiples déboires. Une fois installée à Montréal, elle s'était mariée à un homme plus riche et plus expérimenté qu'elle. Montréal, c'est la ville des grands espaces et des libertés permissives. La ville où les amours légitimes ou adultères éclosent, grandissent, évoluent à cœur joie. C'est aussi l'endroit où elles viennent se cacher pour mourir. L'endroit où le bonheur s'épanouit et meurt selon l'intensité ou la dureté de la vie. Alors que Béatrice travaillait à approfondir sa pratique médicale, l'homme multipliait ses déplacements, tantôt à l'extérieur du Canada : Paris, Luxembourg, Bruxelles, Amsterdam, tantôt à l'intérieur du pays : Régina, Hamilton, Toronto, Vancouver. Un jour, elle apprit avec stupéfaction que Tova, son cher époux, la trompait. Une maîtresse dans chaque ville, ce n'est pas beaucoup dire. Une histoire banale, pourrait-on penser ? En tout cas, faite d'étalages d'insatisfaction, de frustrations, de récriminations aussi. La médecin décida de prendre sa vie en main, écarta à jamais de son chemin l'homme qu'elle avait dans l'allégresse et avec tendresse épousé quatre ans auparavant.

Elle revint, au bout de quelques secondes, à son histoire. Gertrude et Rémy s'appliquaient à apprivoiser la vie moderne dans la grande ville. Chacun d'eux avait réussi à décrocher un diplôme universitaire et trouver un emploi bien rémunéré. Il faut préciser que si les barrières raciales ne sont pas aussi étanches qu'aux États-Unis d'Amérique du Nord et dans certains pays d'Europe, il leur arrivait d'éprouver quelque déception, de ressentir quelques blessures en travaillant auprès de gens pour qui ils étaient tout simplement des étrangers. Au collège où enseignait Gertrude, des élèves et même des collègues lui avaient demandé plusieurs fois et avec insistance pourquoi elle ne retournait pas dans son pays. Malgré son excellente performance, cette enseignante n'était pas à l'abri de quolibets de la part de ses camarades de travail et même de remontrances provenant de certaines autorités de l'établissement. Il fallait qu'elle soit toujours au faîte des techniques et des concepts nouveaux qui, en éducation, apparaissent et se renouvellent régulièrement. Rémy, de son côté, n'avait d'autre choix que celui de s'accommoder de ce qu'on lui imposait. Il était le dernier arrivé à la firme d'ingénierie dans laquelle il travaillait à temps plein. Il était sollicité partout et pour tout. Un beau matin, alors qu'il allait s'installer à son bureau, il lit une note disgracieuse qui lui rappelait outrancièrement son origine raciale distincte. Il ne réagit pas à l'affront, mais, à la fin de la journée, il rentra chez lui bouleversé, épuisé, dévasté. Ainsi, chaque soir, quand ils se rencontraient, puisqu'ils partageaient déjà le même appartement, les amoureux se réconfortaient en se racontant leurs moments heureux ou malheureux.

On sait que les migrants portent en eux-mêmes le caractère souvent tragique des événements qui leur ont permis d'échapper au naufrage. Et traînent avec eux les marques d'un monde qu'ils ne peuvent oublier, d'une catastrophe qui les a stigmatisés. En abordant au quai d'un pays nouveau, ils gardent la constante et profonde aspiration de s'y adapter, d'y évoluer en dépit de nombreux obstacles et de déceptions soutenues.

Un silence au salon des Dufort… Sophie, toujours très rationnelle, interpelle Béatrice en revenant au début de l'échange :

— Je ne vois pas jusqu'ici où tu veux en venir en nous racontant cette histoire. Tu nous entretiens de plusieurs sujets à la fois. Tu parles de la foi, de la volonté de Dieu, de la migration, de l'exil. Si l'on centrait un peu le sujet, on finirait par se faire une idée de ce qui doit retenir le plus notre attention.

— Je sais exactement où je veux aller, réplique Béatrice. C'est Gertrude elle-même qui m'a tout raconté. Je vous ai confié tout à l'heure qu'elle avait été ma patiente. Laissez-moi continuer et vous comprendrez. Vous verrez qu'il y a un peu de tout dans ce qui lui est arrivé.

Les amis se remettent donc patiemment à écouter Béatrice exposer avec menus détails l'histoire de Gertrude et de son compagnon. En effet, après quelques années de vie commune, ceux-ci avaient décidé de se marier. Ils réuniraient quelques amis très proches en choisiraient deux témoins et le mariage serait célébré en stricte intimité. Mais quand ils firent part de la bonne nouvelle aux parents de la fiancée, ceux-ci s'opposèrent énergiquement à un tel projet. Le père et la mère de Gertrude voulaient, à n'importe quel prix, conduire leur fille à l'autel.

— Tu ne vas pas nous faire accroire qu'il s'est agi là d'une certaine forme d'expression de la volonté de Dieu ? laissa échapper Sophie.

Sophie n'est pas croyante, elle n'est pas athée non plus. Elle accorde toutefois beaucoup d'importance au hasard et au phénomène de l'énergie. Selon elle, celle-ci est la source de tous les pouvoirs.

— Si tu nous dis qu'avec de la volonté nous pouvons réaliser la plupart des objectifs que nous nous sommes fixés dans la vie, je continuerai de prêter l'oreille à ce que tu proposes. D'ailleurs, nous nous égarons. J'aimerais bien connaître le fond et la fin de cette histoire.

— Je ne saurais conclure un récit dont je n'ai même pas encore présenté les principaux moments.

Et Béatrice reprend son discours. Entre-temps, on offre du café, on partage quelques friandises. L'après-midi est douce. L'été s'est installé pour de bon. Ce qui avait été annoncé comme une simple visite se transforme en une rencontre où l'on échange des propos sur la vie, la destinée, sur l'amour et autres sujets qui débordent le cadre prévisible de la quotidienneté.

En fait, les parents de Gertrude, même s'ils étaient fâchés de la décision de leur fille, firent contre mauvaise fortune bon cœur. Ils entreprirent le voyage pour assister et participer à la célébration de ce mariage tant attendu. Ces noces, il est vrai, n'eurent rien de spectaculaire. Les fiancés se présentèrent tout simplement à la mairie de la ville, accompagnés de leurs proches parents pour prononcer le serment solennel habituel de vivre ensemble, de se respecter, de se protéger, enfin d'être fidèles l'un à l'autre. Rémy vêtu d'un complet bleu clair, Gertrude portant un tailleur de couleur beige, comme si elle se rendait au travail un lundi d'automne. Les jeunes gens persistaient à garder leur sérénité et leur confiance en l'avenir. Peu importe qu'il n'y ait pas eu de festins grandioses à la consécration de leur union, l'amour se révéla indestructible pour sceller la rencontre de deux personnes qui affronteront la vie. Ils n'avaient nullement besoin de la présence d'un prêtre pour savoir qu'ils seraient désormais unis mari et femme

« Même si, un jour, les choses allaient de travers, sans but, sans gouvernail, sans attachement pour tout le monde, notre passion l'un pour l'autre ignorerait le déclin, ne connaîtrait ni passé troublant ni lendemain craintif ou frémissant » avait, ce jour-là murmuré Rémy à l'oreille de sa femme.

À quoi, sur le même ton, avait répliqué la bien-aimée :

« Il me semble que tu appréhendes notre avenir ici. Regrettes-tu d'être venu ? N'aie pas peur, mon amour. Les étoiles dans le ciel sont là pour nous guider. Et je ne suis pas superstitieuse pour autant. Nous pourrons tout construire à l'épreuve des bouleversements et des intempéries. »

C'était leur façon à eux de se jurer fidélité. Ainsi, après de telles promesses, de tels engagements, ils ne pouvaient que vivre heureux accrochés l'un à l'autre, faisant cause commune face aux nombreuses incertitudes que présenterait leur vie de jeunes migrants. Ils devaient s'aimer sans mesurer ni le temps à traverser ni la longueur du chemin à parcourir. Car la vie serait devant eux et l'avenir aussi. Ils iraient embrasser les saisons qui embellissent l'amour et aiguisent les désirs ; ils entreraient dans un état de grâce sublime que rien, espéraient-ils, n'oserait troubler.

Pourtant, peu de temps après, ils commencèrent à épuiser leurs ressources tant intellectuelles que financières, après avoir participé à des réunions de comités dont l'objectif officiel était de venir en aide au pays natal. Au terme de nombreuses discussions et d'interminables échanges d'idées, les époux convinrent qu'ils devaient se partager pour la cause. Gertrude retournerait en Haïti pour contribuer à la formation professionnelle des enseignantes du secteur public (les besoins étaient énormes et il y avait urgence), et Rémy resterait à Montréal pour assurer la sécurité financière du couple.

— Je n'apprécie pas que les couples se séparent pour quelque raison que ce soit. Ce n'est pas un caprice de ma part, mais bien une idée à laquelle je me suis toujours accroché. Je pense qu'une fois défait — ne serait-ce que momentanément — il est très difficile à un mariage de se souder à nouveau.

C'est l'opinion de Renaud. On le comprend aisément puisque ce jeune homme avait déjà vu tant d'événements se dérouler sous ses yeux. Il avait été, entre autres, témoin, au cours de son adolescence, d'une brutale rupture causée par l'absence de l'un des membres d'un couple établi. La femme d'un riche commerçant de sa ville de province s'était installée à Port-au-Prince pour accompagner leurs quatre enfants qui fréquentaient encore l'école primaire. Les placer en pension les aurait privés de l'affection de leur mère et de ses conseils en vue de leur bonne éducation. L'époux était resté en province pour pourvoir aux besoins de la petite famille. Mais cela avait laissé à l'homme, le pourvoyeur, toute la liberté dont il avait besoin pour s'épanouir.

— Vous devinez la fin de cette aventure, laissa tomber Renaud.

Il faut ajouter que celui-ci était manifestement plus sévère que Malherbe quand il fallait opiner sur des situations aussi délicates.

— La situation qui nous est dévoilée aujourd'hui est différente de celle dont Renaud a été témoin, surenchérit Sophie. C'était d'un commun accord que Gertrude et Rémy s'étaient séparés, et cela, pour une cause bien précise. Ils n'avaient pas d'enfants, n'est-ce pas Béatrice ? Leur pays avait besoin d'eux. Ils pouvaient se permettre ce sacrifice. Il ne faut pas être pessimiste et voir le mal partout.

S'adressant à Renaud, Richard fait cette mise au point :

— Ce que tu rapportes là concerne une vieille mentalité. Nous vivons aujourd'hui dans un monde moderne. Les jeunes envisagent les choses d'une autre manière. Quand ils veulent s'engager, rien ne peut les retenir. Il s'agissait, à ce moment précis, tu comprends bien, du sauvetage national. Jusqu'à présent, d'ailleurs, le pays s'enfonce dans l'abîme de jour en jour. L'avenir est sombre.

Béatrice ébauche un sourire mystérieux. Elle remarque que ses amis sautent très vite aux conclusions. Elle ne s'énerve pas, elle écoute, malgré tout, attentivement les commentaires de chacun. Elle sait pourtant que la douleur est immense dans le cœur d'un être abandonné. Et, *comme pour les feuilles qui tombent, la réunion avec l'arbre n'est plus possible.* Elle n'en est pas encore là. Elle veut entretenir ses amis du destin des êtres humains, de ceux qu'elle aime en particulier. Elle parle de l'avenir de ceux qui luttent pour leur survie et du destin de ceux qui abandonnent tout combat, qui s'abandonnent à la volonté de Dieu. S'agit-il de la fatalité dont tout homme recevrait le baptême ? Elle a certainement un message à livrer.

Au moment de se séparer, continue-t-elle, Gertrude et Rémy étaient sûrs que leur vie ne serait supportable que dans la mesure où leur corps et leur cœur évolueraient en parfaite harmonie. Gertrude était finalement partie retrouver sa chère Haïti. Elle était de nouveau entourée d'amies de sa prime jeunesse, toutes enhardies, disposées à prêter main-forte à l'avancement de ce pays qu'elles aimaient tant. Tous les trois mois, elle rentrait à Montréal visiter la ville pour ne pas perdre contact, resserrer les liens avec son mari toujours fiévreux de la voir revenir.

— Combien de temps ont-ils pu tenir, l'un aussi loin de l'autre ? s'écrie Richard un peu perplexe. La distance, vous savez (s'adressant à tout le monde), peut resserrer ou briser les liens les plus forts, les plus tangibles. Ça dépend.

— Ça dépend des circonstances qui nous font agir, complète Béatrice. Rappelez-vous que nous ne sommes pas maîtres de nous-mêmes. Le tremblement de terre, par exemple, a tout changé dans la vie du jeune couple. Il en a modifié le rythme et façonné leur conception des choses.

Au dire de la jeune médecin, Rémy avait lu un certain nombre d'articles concernant les ressources minières et les différentes couches qui forment la structure géologique de la République d'Haïti et des pays voisins. Selon ces études, notre terre et la République dominicaine se partagent l'île d'Hispaniola située dans une zone sismique bordée par deux plaques tectoniques : la plaque américaine au Nord et celle caribéenne au Sud. Dans ce relief, avait-il compris, les failles sénestres et les failles de compression ou de chevauchement sont très actives. Autant de données scientifiques qui auraient dû inciter les autorités gouvernementales à envisager des fenêtres de solutions à un éventuel bouleversement des forces naturelles. Les bureaux spécialisés de Port-au-Prince avaient remonté l'histoire pour décrire les différents tremblements de terre ayant saccagé les principales villes d'Haïti depuis les temps coloniaux. Les faits rapportés par l'historien Moreau de Saint-Méry étaient encore présents à l'esprit de la majorité des scientifiques. Par exemple, en 1751, une secousse tellurique détruisit la ville de Port-au-Prince. En 1842, un fort tremblement de terre avait ravagé les villes du Cap-Haïtien, de Port-de-Paix, des Gonaïves, de Fort-Liberté et de la partie orientale de l'île.

— Et Rémy, tu dis bien, avait été mis au courant de toutes ces données-là ? s'étonne Sophie avec un brin d'incrédulité. Je pense qu'il n'aurait pas dû la laisser partir.

— Bien sûr, il faut se fier aux scientifiques, mais il est aussi important de construire ses rêves, insiste Béatrice. Ils étaient tous deux d'accord pour que l'un d'eux aille aider le pays à sortir du gouffre.

— Qu'à cela ne tienne ! réplique Richard, le peuple, laissé à lui-même, ancré dans ses croyances ancestrales prête habituellement l'oreille à tous les racontars qui font des événements naturels la preuve ou non de la présence de Dieu parmi nous.

On raconte en effet que, très longtemps avant le désastre, certaines gens, peu ou prou instruits, avaient prétendu voir dans le ciel de Port-au-Prince des signes annonciateurs d'un événement tragique semblable à ce que serait la fin du monde. Mais en même temps, ils croyaient au pouvoir divin capable de tout changer, de modifier le destin des hommes. « Le Grand Maître y pourvoira », répétaient les uns et les autres. Aucunes mesures préventives n'avaient été prises ni conseillées aux pauvres gens qui ne savaient rien de la structure du globe, de la tectonique des plaques et de différents facteurs géologiques pouvant contribuer à faire bouger la terre. Les écoles de génie civil poussaient comme des champignons partout dans la ville, d'où sortaient des diplômés dont la compétence en la matière laissait à désirer. Des maisons étaient construites pêle-mêle sur les pentes sans tenir compte des glissements de terrain possibles ou même probables en certains cas. La surpopulation, causée en tout état de fait par l'exode rural combien préjudiciable à l'espace urbain, avait fini par générer des bidonvilles tout à fait insalubres autour de la capitale. Et sans vouloir revenir à une époque lointaine, il faut reconnaître tout simplement que cela est attribuable à une dictature qui a duré trente ans.

Cela étant dit, reprend Béatrice, Rémy, malgré des liens particuliers tissés à Montréal, au lieu de laisser sa femme y revenir, décida de rentrer au pays pour participer avec elle aux fêtes de fin d'année et profiter en même temps de la chaleur de cet éternel été. C'était en décembre de l'année 2009.

L'histoire s'écrit d'elle-même et continue de nous surprendre. La ville nous choque brutalement aussi. Le visiteur, qui arrive de la mer, ouvre très grands les yeux face à Port-au-Prince blottie au fond du golfe de la Gonâve à mi-chemin entre les deux presqu'îles, celles du Nord-Ouest et du Sud limitant le cadre physique du pays. La baie est immense et accueillante. Mais, outre la Plaine du Cul-de-sac déjà endommagée par les constructions anarchiques, l'espace occupé par l'agglomération couvre la bande côtière de Carrefour, les collines de Delmas, le plateau de Pétionville, le morne de l'Hôpital et ses environs. Vue d'avion, la ville offre l'aspect hideux d'un ensemble désordonné de maisons accrochées aux pentes des collines dénudées, dévastées par l'érosion ou l'action égoïste et déchaînée des hommes. De sa fondation en 1749 à aujourd'hui, la capitale a évolué. Au début, elle s'étendait de Bel-Air à l'actuelle rue Pavée : 78 hectares seulement. Puis elle a connu une accélération fulgurante pour aboutir en 2009 au stade d'une métropole non seulement surchargée, mais aussi électrisée par la chaleur humaine des gens qui y sont entassés. Bondée de monde. C'est déjà un désastre écologique. Quel désastre !

Béatrice relate que Gertrude et Rémy se retrouvèrent là-bas en pleine lune de miel d'un amour revivifié. Conférences, débats, concerts, soirées dansantes jusqu'aux petites heures du matin. Malgré la grande misère s'abattant sur les petites gens, ils se sentaient libres dans l'espace que leur offrait la vie : « C'est comme si nous étions revenus ici pour renaître, exister et nous marier une seconde fois. » avaient-ils avoué. Ils profitaient de sublimes moments que d'autres n'avaient jamais su vivre : se promener chez eux dans leur propre patrie, dans leur propre pays, mariés assez longtemps pour croire que leur couple était bâti sur du roc, mais pas assez vieux pour se sentir invulnérables à l'usure et aux assauts du temps. Chaque nuit, leurs corps fiévreux enlacés répondaient à l'appel du désir culminant et jamais assouvi. Revenus un soir d'un bal au Grand Hôtel, couchés dans l'arrière-cour de leur haute demeure, ils jouirent de ce suprême instant, nus, sans réserve ni fausse pudeur. Trois fois, ils atteignirent l'extase de ce moment précieux de leur séjour qui serait, pour le moins, court. Les étoiles dans le ciel, complices de leur union, les couvrirent d'un halo de lumières pour bien éclairer l'ombre.

Touché par la profondeur de la nuit, Rémy s'exclama :

— Regarde au-dessus de nous la voûte qui attire et qui brille. Je n'avais encore jamais vu les étoiles d'aussi près. C'est ici seulement — je sais que j'exagère — qu'on peut assister à un tel spectacle. Dire que nous avons laissé tout ça pour nous installer ailleurs. Avons-nous échappé le temps d'être heureux chez nous ? Ce que nous vivons maintenant est très important dans notre vie de couple.

Gertrude tremblote de joie et de peur mal contenue :

— Éprouves-tu du regret ? Penses-tu que nous sommes partis trop vite, trop tôt ? Le fait de revenir constitue-t-il pour nous une part de bonheur ? Mon amour, j'ai le cœur qui bat la chamade. Je m'angoisse à l'idée que tout cela peut nous glisser entre les doigts. Combien de jours ce bonheur peut-il encore durer ?

L'homme est transfiguré, extasié. Il répond tout exalté :

— Tu sais, Gertrude, qu'il y a dans le bonheur, surtout quand il est grand, quelque chose qui nous touche, qui nous berce, une illusion peut-être ; qui produit une telle immensité, une splendeur si naturelle, une grâce si exquise que moi aussi j'ai terriblement peur qu'il s'en aille et ne revienne plus.

Elle réplique, la tête penchée sur l'épaule de l'autre comme pour exorciser tout malheur :

— Notre amour ne se nourrit pas seulement de gestes, de plaisirs passagers. Il est plutôt fondé sur une promesse de vie, laquelle plus intense encore résistera, je pense, aux malheurs du temps.

Ému jusqu'aux larmes, l'homme tente de reprendre son souffle tout en balbutiant dans cette *sombre clarté* :

— Ce soir, cette nuit, dis-je (tu vois combien je perds mes mots), je suis seul avec toi. Et cela me suffit. La nature nous accompagne et nous observe. Rien que cette nuit, rien que ce rêve… Que jamais l'aube ne vienne nous réveiller !

Elle ne trouve plus rien à soupirer, mais ajoute une dernière note à ce moment d'extase :

— J'espère qu'aucune tornade, aucune crue des eaux, aucun désastre soudain ne viendront éteindre la flamme de nos purs sentiments. Mais, hélas, je ne sais pas ce que nous réserve le destin.

À la suite d'une période très agitée d'actes de barbarie, d'enlèvements de toutes sortes, Port-au-Prince commençait à respirer un air de brève accalmie… Les magasins avaient commencé très tôt à décorer leurs devantures pour attirer la clientèle. Malgré la rareté de l'électricité, les citadins avaient fini par éclairer leur ville de fanaux multicolores, de lampes faites en teille de bambou. Partout dans les rues principales, le long et au fond des sombres corridors, les lumières jaillissaient comme des étincelles, comme des pluies d'étoiles que d'habitude on utilise aux grandes occasions. Jeunes et vieux étaient bien prêts à tout donner pour s'offrir, au moins une fois, un soupçon d'éternité. Le goût de vivre animait les visages et faisait de chacun, en dépit de la misère, un être heureux et avide de respirer encore la vie.

12 janvier 2010. La terre de Port-au-Prince et de ses environs bouge selon les multiples prévisions avancées par les sismologues. À 16 h 53 minutes et 10 secondes, la ville s'effondre comme un château de cartes. L'hypocentre du séisme se situe à 10 km de profondeur. Les autorités gouvernementales, malgré l'ampleur de la catastrophe, en évaluent à peine les gigantesques dommages. Elles présenteront un mois plus tard le bilan approximatif des dégâts : des centaines de milliers de morts, des centaines de milliers de blessés et de sans-abris. « La bête, le monstre » (comme l'a surnommé un poète), a déformé des visages, endeuillé des familles, a fait chavirer autant l'existence des gens vivant dans l'opulence que celle des pauvres pataugeant dans la croissante précarité. Les structures de l'État haïtien, déjà très peu fonctionnelles, sont affaiblies, fortement affectées par le désastre. Le palais national détruit, la cathédrale Notre-Dame, symbole de la prépondérance de l'Église catholique au pays, des temples de différentes confessions sont aplatis comme des tas de pierres amassées sur un terrain vague. Des pasteurs, des prêtres périssent sous les décombres. L'archevêque lui-même, grand serviteur de Dieu, perd la vie : la tête ayant été séparée du corps. Tout vire au chaos dans ce pays où la misère des uns côtoie l'indifférence des autres.

Les Haïtiens sont étonnants dans le désarroi. Les mains nues, ils sortent des décombres un grand nombre de rescapés. Cela, dès les premiers jours de la catastrophe. La communauté internationale envoie des secouristes pour appuyer les efforts soutenus de ces courageux travailleurs.

Les prières, les processions aux flambeaux sont organisées par les églises, toutes confessions confondues (car il ne faut pas laisser au Seigneur l'impression qu'on est divisé) pour remercier Dieu de n'avoir pas permis que le pays tout entier soit englouti, effacé de la carte du monde.

Toujours assis au salon, dégustant café chaud, biscuits aux amandes, les amis de Béatrice reviennent à la charge, comme pour lui rappeler qu'ils attendent avec impatience le dénouement ou, du moins, la suite du récit. Des questions fusent de partout : « En quoi le tremblement de terre a-t-il bouleversé la vie du couple Gertrude-Rémy ? Le jeune homme a-t-il abandonné sa femme en Haïti pour profiter des moyens mis à la disposition de ses citoyens par le gouvernement canadien ? Serait-il est revenu à Montréal juste pour continuer à gagner sa vie ? »

— Certes, poursuit Béatrice. Ce grand bouleversement fait partie de leur histoire. C'est l'amour au temps du grand désastre. La vérité dans tout cela, on le saura plus tard.

Gertrude avait commencé à faire le tour des écoles réclamant ses services. Au moment du sinistre événement, elle entamait, dans une institution de jeunes filles, postulantes professionnelles, un cours sur l'éthique qu'elle comptait dispenser avec autant de ferveur citoyenne que de rigueur professionnelle. Sa réputation dans la ville et même dans tout le pays commençait à se bâtir. Cette femme avait appris qu'au-delà des connaissances, l'éthique constitue le fondement même de toute profession ; que « l'éthique, selon Pierre Reverdy, est l'esthétique du dedans. » Dans un environnement comme celui d'Haïti, où la religion domine la vie de tous les jours, Gertrude aurait espéré trouver quelque chose qui aurait permis aux gens de réfléchir sur les finalités, les conditions de vie, sur les valeurs de l'existence, enfin, sur des questions touchant la vie en société. Rien de tout cela. Ou presque rien. Elle a dû affronter une société décadente dans son ensemble, où les plus riches cherchent à devenir plus prospères face à la misère grandissante des plus démunis. Tant de cas lui avaient été rapportés. Celui de ce médecin qui, avant même d'installer sur la table d'opération une femme enceinte de huit mois, avait exigé d'être payé en espèces sonnantes. La patiente souffrait d'une hémorragie massive. La mère et l'enfant étaient en grand danger. Celui aussi de ce spécialiste qui avait déclaré à une vieille dame inquiète de sa santé qu'elle devait être opérée d'urgence, mais qui avait changé d'idée après qu'il eut constaté que cette femme était la mère d'un ami et qu'il eut reconnu, sans gêne aucune, que sa patiente n'avait besoin d'aucune chirurgie. D'autres cas avaient été signalés à Gertrude : un ingénieur, diplômé d'on ne sait où, s'était fait verser un à-valoir substantiel par un client pour la construction d'une maison dont il assurait qu'elle serait robuste et coquette à la fois. La maison fut en effet construite, apparemment forte. Dix jours après, cependant, la dalle de béton s'effondra. Le béton n'était pas assez armé. Mauvais calcul ! L'ingénieur, sans sourciller, avait exigé un autre paiement partiel de son client, lui affirmant tout candidement que le fâcheux accident était l'œuvre de Dieu. Bref, pas de code d'éthique professionnel dans ce pays, pas d'association pour la protection des consommateurs. La population était livrée à elle-même. C'est pour tenter de remédier à tout ce gâchis que

Gertrude avait offert son cours d'éthique aux écoles professionnelles de son pays.

Adepte d'une certaine philosophie qui distingue l'ordre moral de l'ordre éthique, disciple de Max Weber, Gertrude pensait que « toute activité orientée selon l'éthique peut être subordonnée à deux maximes totalement différentes et irréductiblement opposées : l'éthique de responsabilité ou l'éthique de conviction ». La première est associée au devoir. La seconde est liée au sentiment humain. Ni l'une ni l'autre, selon Gertrude, n'était adaptée aux comportements et aux mentalités des femmes et des hommes de son pays natal. *Degaje pa peche* (la débrouillardise n'est pas un péché), prêchait-on partout, du plus haut au plus bas niveau de la société.

À notre avis, Gertrude Pouplart s'était ainsi engagée à faire bouger les vieilles et persistantes attitudes qui rongeaient la fierté du peuple haïtien. Pour cela, elle avait bien scruté le terrain, sondé des familles entières, consulté professeurs, ouvriers, médecins, artisans, à la recherche d'un creuset qu'elle devait exploiter pour asseoir son idée. Celle qui consiste à faire de l'éducation civique le fondement de toute transformation de la société haïtienne. Militante déterminée, patriote convaincue, elle était entrée dans cette bataille par amour de sa patrie et pour la réussite de son couple.

Partie tous les jours, à 7 heures du matin, elle rentrait à la même heure le soir, après avoir pris le temps de tout remettre en place, préparé ses cours du lendemain ponctués d'exercices, de mises en situation pour concrétiser et faire comprendre. Le jour du grand désastre, Gertrude avait décidé de s'en aller plus tôt, en vue de retrouver son mari Rémy qu'elle laissait trop souvent seul. Celui-ci lui avait au préalable téléphoné pour l'inviter à souper au restaurant très fréquenté du coin. Assaillie de questions auxquelles elle voulait sans ambiguïté répondre, elle tardait à se libérer de ses étudiantes quand la terre se mit à trembler. En l'espace de 30 secondes, l'édifice scolaire s'écroula.

Au salon des Dufort, les autres invités continuaient de réagir à ce que leur racontait Béatrice. Chacun y allait de ses commentaires sur le destin du couple Gertrude-Rémy. Faut-il s'abandonner uniquement à la volonté du Très-Haut pour réaliser nos rêves ? Béatrice, au fond d'elle-même, est partagée entre la science présente dans sa vie quotidienne et la foi inébranlable dont se nourrit son âme. Elle est gênée d'écouter les déclarations qu'elle juge frivoles, qui alimentent la discussion. Combien de fois a-t-elle dû reprendre sa pensée, la préciser davantage ? En vain. Son auditoire est divisé entre ceux qui confessent et expriment leur foi et ceux qui persistent dans l'incrédulité. De part et d'autre, les déclarations fusent ; un véritable bombardement de points de vue qui se suivent et s'opposent souvent.

Quelqu'un affirme ;

— Le ciel tire les ficelles des marionnettes que nous sommes. Nous n'avons de prise sur rien, même pas sur nous-mêmes.

Un autre fait mine d'approuver :

— C'est le prophète Jérémie qui l'a proclamé : « La voie des humains n'est pas en leur pouvoir, et il n'est pas donné à l'homme qui marche de diriger ses pas. »

Un troisième précise :

— Aucune action ne saurait contrer une décision prise par Dieu. Quand il veut qu'un événement s'accomplisse, il en donne à chacun le pressentiment.

Une rectification est aussitôt proposée :

— Nous pouvons quand même aider le destin à se réaliser, après tout ?

Elle est vite contredite par une assertion assez catégorique d'un autre membre du groupe :

— Confucius a déclaré : « Le ciel, en créant les êtres, donne à chacun selon ses dispositions. »

Pêle-mêle, l'échange continue. Chacun cherche un exutoire. Personne ne semble vraiment disposé à admettre les arguments de l'autre. Béatrice, quant à elle, n'est pas tout compte fait mécontente de ce qu'elle entend. Elle en est même ravie. Les gens autour d'elle ne savent plus quoi penser. L'atmosphère est confuse. À quoi peut-on s'attendre ? Béatrice n'est pas une conteuse professionnelle. Elle était venue tout simplement rendre visite aux Dufort. Et la voilà maintenant engagée dans une voie qu'elle ne peut plus abandonner. Il est déjà midi. Il faudrait qu'elle arrive enfin au dénouement. Un récit, qu'il soit vrai ou romancé, a toujours une fin. Heureuse ou malheureuse. C'est selon. Les gens sont en eux-mêmes persuadés que l'histoire finira par l'annonce du décès de Gertrude ou de son époux. Ce serait dans la normalité des choses. Pourquoi en serait-il autrement ? La fatalité condamne les uns et épargne les autres. C'est une loi suprême qu'il nous faut parfois accepter sans mot dire. Sans crier au désastre.

12 janvier 2010. 6 heures de l'après-midi. La terre a déjà tremblé. Port-au-Prince, ville autrefois des grands déploiements, est quasiment morte. Port-au-Prince, capitale des régimes sévères et corrompus gît sur un sol graveleux. Port-au-Prince jadis glorieuse, quand des militaires bien sanglés dans leurs uniformes paradaient sur le Champ-de-Mars, la tête haute, le menton élevé exprimant l'assurance, la poitrine bombée, médaillée pour des guerres insolentes faites au peuple démuni et sans armes, a sombré dans les ténèbres du jour éteint. Port-au-Prince arrogante et fière par rapport aux faibles déplacés venus de la province, Port-au-Prince meurtrière menaçant sans raison l'humble existence des autres, Port-au-Prince était là, agonisante, empoussiérée, pleurant tout affolée la voix éteinte dans la lourdeur d'un sombre après-midi de ce mois de janvier.

Auprès des décombres d'un bâtiment, comme tant d'autres, effacé, un homme accroupi, les genoux plantés dans la terre rude d'un sol ravagé, tenait la tête entre ses deux mains et sanglotait. Et il criait : « Au secours ! Ma femme est coincée là-dedans. » Des voix autour de lui répondaient : « En êtes-vous sûr ? En êtes-vous sûr ? » Le pauvre homme insistait, accentuant sa demande qu'il répétait sans cesse. La foule, attroupée par-devant l'édifice terrassé, cherchait à comprendre comment ce monsieur-là, tout fragilisé de douleur, pouvait affirmer avec force que sa femme était encore vivante à l'intérieur de cette montagne de pierres, de blocs de béton et de débris de toutes sortes. Un orifice large seulement d'un mètre environ, haut d'autant et d'une profondeur indéterminée permettait d'espérer de retrouver des corps morts ou vivants. Il eût été impossible d'y croire si des râles émanant de l'intérieur n'étaient pas parvenus jusqu'au dehors, dans la rue aux mille visages. Rémy, pour sa part, était convaincu que tôt ou tard il verrait son épouse sortir des poussières déjà malodorantes, pour reprendre avec lui le cours de leur existence brutalement interrompue. Alors, il mit toute son énergie à interpeller Gertrude, à la prier de ne pas abandonner, de ne jamais renoncer au bonheur qui les attendait encore :

« Je te couvrirai de promesses. Même si jusqu'à présent j'étais indigne de toi, je veux que ce soit avec moi que tu découvres un jour l'éternité. Si tu meurs, mon amour, tu emporteras avec toi l'essence de ma vie sur terre. Et je n'aurai d'espoir que dans la longue attente de te retrouver. Le désastre serait plus grand qui me priverait de ta présence. Ce serait le calvaire de l'être esseulé cherchant désespérément la moitié de lui-même. Un simple mot, un murmure ou un soupir de toi, venant de ta lointaine solitude, suffiront à me redonner goût à la vie. Car tu sais, ma belle, mon amour, mes yeux, ma lumière, toutes ces années d'attente, le temps de nos jeunes fiançailles n'auront été qu'un court printemps de bonheur si tu ne m'es pas revenue. »

Le temps filait, précise Béatrice. Et Gertrude n'avait émis aucun signe tangible de sa présence sous les décombres. Rémy était persuadé, à partir de ses calculs, que cet endroit était le bon. Là résidait la parcelle la plus mince d'espoir, s'il en fut. Il encouragea les gens à persévérer dans leurs recherches. Ceux-ci soulevèrent des blocs, les replacèrent ailleurs ; déblayèrent le trou devenu le tunnel qui devait, pensaient-ils, les conduire jusqu'au bout, au centre droit de l'édifice. Deux braves garçons dans la vingtaine avancée, pleins d'enthousiasme et de sollicitude, pénétrèrent à plat ventre dans ladite ouverture, rampant lentement pour ne rien provoquer. Ils atteignirent l'endroit tracé, désigné par Rémy. Ils déposèrent les mains sur deux corps à peine en mouvement, qu'ils parvinrent difficilement à dégager des ruines. L'un d'eux, c'était Gertrude qui, fort heureusement (raconterait-elle plus tard à Béatrice), allait franchir le seuil d'une porte quand l'éboulement se produisit. Couverte de poussière, elle pleurait de joie, celle de se retrouver là parmi les vivants ; accablée de tristesse, elle constatait avec frayeur qu'il n'aurait fallu que quelques instants de plus pour que la mort vienne la ravir à son amoureux.

La mort est comme la beauté. Elle ne dure pas. Elle nous échappe. Elle s'évapore et emporte avec elle l'ultime souffle de vie. Émouvantes retrouvailles ! Miracle pour certains ! Pur et pertinent hasard pour d'autres ! Miracle de s'entendre parler, celui aussi de se toucher, de sentir chaque particule de son corps, de se frôler. Combien de temps durerait cette fragile réjouissance ? Gertrude était blessée. Assez gravement troublée. D'urgence, ils ont dû entreprendre les démarches pour rentrer à Montréal. La république voisine était la seule voie disponible pour tenter ce voyage. Le séjour au pays, hélas, se révélait trop court. Fini le beau ciel des vacances ! C'était l'amour au temps d'un désastre maintes fois annoncé. Avant de laisser pour une seconde fois leur pays malgré tout bien-aimé, ils se firent la promesse qu'ils y reviendraient pour rebâtir, pour reconstruire, cette fois, selon des formes et des normes plus actuelles. Car la vie n'est pas la désespérance. Les étoiles dans le ciel sont plus éblouissantes quand la nuit se fait noire et que la lune s'absente. Durant tout le parcours de Port-au-Prince à Santo-Domingo et de cette ville à Montréal, Rémy n'avait de cesse de jurer fidélité à sa femme rescapée :

Je peux mourir mille morts,
Ne meurt que le corps.
Mes os peuvent devenir poussière
Et mon âme ne plus être,
Mon cœur s'attardera
Auprès de toi, mon amour.

Étaient-ce des mots ? Rien que des mots ? N'était-ce que du vent ? Pourquoi cet homme fatigué tenait-il tant à faire de si grandes et poétiques déclarations ?

Revenus à Montréal en plein glacial hiver, ils relevèrent aussitôt le frappant contraste entre l'insalubrité, la couleur grise d'une ville endeuillée et la clarté, la propreté d'une autre très bien organisée. Mais, au-delà de cela, tout semblait fragile. Gertrude, encore sous le coup de la catastrophe, vivait dans l'incertitude et la peur des jours passés. Rémy marchait sur la corde raide, en équilibre entre sa vie de célibataire à Montréal et l'avenir avec sa femme qu'il devait convaincre que rien n'avait changé durant sa longue et troublante absence.

Au salon des Dufort, les visiteurs écoutent toujours Béatrice les entretenir de cette histoire ayant tout l'air d'un drame qui ne se définit ni ne semble se terminer. Quatre heures entières se sont écoulées. Les choses se passaient comme si elles suivaient la règle des trois unités du théâtre classique au XVIIe siècle. français :

« Qu'en un lieu, qu'en un jour, un seul fait accompli
Tienne jusqu'à la fin le théâtre rempli. »

Quand Béatrice aura terminé son récit, les invités n'auront bougé que pour faire leurs besoins. Un événement, une catastrophe naturelle, dont les conséquences perdurent encore, aura tapissé le fond d'un récit mouvementé. Et l'amour en ce temps troublé a dominé les cœurs et les esprits. Sophie a tenté, à un moment donné, de parler du destin brutal et parfois cruel des hommes, de l'ironie du sort. Elle a même actualisé sa pensée en évoquant l'exemple de ce vieil homme qui, à 94 ans sonnés, malade par-dessus le marché, mais sain d'esprit, s'accroche à la vie. Alors que la mère d'une jeune fille l'a trouvée morte, étendue de tout son long sur son lit. Elle s'était suicidée. Elle venait d'avoir vingt ans. Pourquoi ? Vingt ans, c'est trop tôt pour vouloir mourir !

— Ce sont là des faits qui illustrent le même sujet, mais l'abordent sous des angles différents, argue Malherbe.

— Si l'on revenait à Gertrude et à Rémy, fait plaisamment remarquer Sophie, on aimerait bien connaître le dénouement de l'histoire. Il se fait tard. Il est déjà 4 heures de l'après-midi.

— En effet, concède Béatrice. Le couple donc est rentré à Montréal quelques jours après le tremblement de terre. Gertrude, déçue du travail inachevé, désorganisée aussi, gardait des suites du séisme un handicap à la hanche droite. Son séjour dans son pays d'origine lui avait causé plus de tort que de bien. Elle ne regrettait cependant pas d'avoir essayé. Referait-elle l'expérience seule ? La question la préoccupait.

L'orthopédiste jette un regard par la fenêtre. La baie vitrée laisse voir une femme en bleu marine promenant son chien fidèle. Agréable plaisir ou violente solitude ! Qui sait avec quelle pensée cette dame déambule ? À quoi réfléchit-elle en retenant ou en lâchant tour à tour la laisse de l'animal docile ? C'est peut-être une autre tranche de vie qui circule et s'évade sous les yeux indifférents d'autres personnes qui passent. La solitude est parfois le prix cher à payer pour garder sa liberté ou son indépendance.

Une fois les choses replacées, Gertrude aurait voulu entendre, mille fois répétées, les déclarations d'amour sans retenue qu'autrefois lui faisait son amoureux mari. Mais ce n'était plus le même ton. Les notes étaient moins douces, plus aiguës, sans doute. Elle aurait bien aimé revivre le moment merveilleux qui avait précédé le grand désastre, quand les étoiles en scintillant leur souhaitaient le bonsoir. Mais tout ou presque tout était éteint. Les images, les paroles, les gestes avaient perdu toute leur magie première. Rémy était plongé dans une sorte d'amnésie brusquement apparue. Il avait oublié comment déclarer à sa femme le sentiment entier que pour elle il nourrissait encore. Il avait cessé de lui déclarer qu'il l'aimait profondément, qu'il l'aimerait maintenant, toujours, aussi longtemps que le soleil éclairerait le jour.

Puis, soudain, éclata comme une bulle l'incident dévastateur. Une lettre anonyme parvint à la demeure de la jeune rescapée. Courte, elle était adressée à Rémy et écrite en des termes frisant l'angoisse et la désespérance :

« Maintenant qu'elle est revenue, ta belle dulcinée, tu n'auras plus besoin de moi pour meubler ton silence et rendre heureux tes jours. Je n'ai pas souhaité sa mort, mais je suis triste à l'idée qu'elle est auprès de toi. Tu avais échoué dans ma vie comme par accident. Un accident, c'est le hasard qui module, transforme des vies tout entières. Une coïncidence qui donne naissance à d'autres circonstances. Sois heureux ! Je suis morte, il est vrai, sans ta douce présence, mais mon âme défunte se nourrit déjà du bonheur qui est le tien. »

Les masques étaient enfin tombés, poursuit Béatrice. On ne saura peut-être jamais quelle avait été l'intention de cette femme-rivale. On suppose qu'elle ait voulu honorablement quitter la scène occupée pendant un court laps de temps ; ou bien qu'elle ait décidé de tout gâcher, de *jouer à qui perd gagne*. En tous les cas, l'effet demeurait le même. Elle avait rencontré Rémy à la maison d'ingénierie où travaillait celui-ci. Elle était venue signer un contrat. Le jeune homme avait été chargé de l'accueillir. Puis, ils s'étaient revus maintes fois, en maints endroits différents jusqu'à devenir des amants bousculés par le temps.

Lorsque Rémy lui apprit qu'il rentrait à Port-au-Prince, elle espérait que ce serait pour rompre définitivement avec sa femme. Mal lui en prit quand elle reçut la nouvelle du retour de l'homme accompagné de son épouse retrouvée, rescapée du séisme.

Les questions fusent au salon des Dufort. Malherbe et Sophie cherchent à comprendre, émettent moult considérations :

— Se sont-ils engueulés ? En sont-ils arrivés aux coups ?

— Y avait-il des témoins quand le fait s'est produit ?

— Où étaient-ils passés, leurs serments de s'aimer toujours au-delà de tout, par-delà même les grands désastres ?

— Comment Rémy a-t-il pu si bien cacher ses sentiments ?

— Était-ce un coup monté par un esprit jaloux du bonheur que vivait le couple ?

— Le malheur frappe-t-il toujours de façon impromptue ?

— Comment s'est-il comporté, Rémy, devant une telle révélation ?

— A-t-il plaidé coupable ?

— A-t-il clamé son innocence, crié son désespoir ?

Béatrice explique que Rémy eut l'air surpris et confus en même temps. Il tenta de se disculper. En vain. Le ver était déjà dans le fruit. Il ne semblait pas bien comprendre ce qui lui arrivait, ce qui venait éclater son couple. Il s'en remit au destin qui l'avait entraîné là ; murmura quelques phrases toutes faites :

Le sort est tout-puissant et nul en cette vie n'est maître de sa vie.

Nos joies, nos pleurs sont fixés de longue date ; et quelque diversité que semblent offrir les vies humaines, elles reviennent dans l'ensemble toutes au même constat : mortels, nous avons reçu des biens mortels.

Le jeune homme contraint, mais pas nécessairement contrit, accepta le divorce dans les termes proposés par l'avocat de sa femme. Ils n'avaient pas eu d'enfants. Ils n'avaient pas de biens. L'amour aurait été pour eux le seul grand héritage. Mais le voilà brisé, exposé aux enchères. Rémy quitta son foyer, quitta son quartier, se réfugia dans un minuscule appartement, semblable à l'une de ces chambres louées sans contrat signé, sans aucune obligation, si ce n'est celle de payer à chaque premier jour du mois. Avant de recommencer une autre vie ailleurs.

— Achève donc ton récit, Béatrice, achève, clamèrent toutes les voix.

La jeune praticienne s'exécuta.

Quand j'ai commencé à soigner Gertrude pour sa blessure à la hanche et pour l'angoisse et l'anxiété qu'elle traînait depuis le tremblement de terre du 12 janvier 2010, elle commençait à fréquenter un autre homme. Je l'ai aidée. Nous sommes devenues de grandes amies. Elle m'a avoué qu'elle avait eu tort de ne pas avoir vérifié l'authenticité de la lettre révélatrice de l'union coupable de Rémy avec une autre femme. Elle en éprouve du remords. Elle m'a invitée à son mariage avec Jean-Paul Barthol, lui aussi ingénieur. Les noces seront célébrées à l'église. Ses parents sont, somme toute, ravis de son évolution. Eux qui avaient toujours rêvé conduire leur fille au pied de l'autel. Ils auront cette fois-ci l'occasion d'accomplir leur mission. Tout cela pour dire que le malheur des uns fait le bonheur des autres. Et c'est encore l'un des tours heureux ou malheureux que peut nous jouer le destin.

TROISIÈME VOLET

Dialogue ou correspondance intime

Deux personnes d'origine caribéenne se rencontrent par un pur hasard. En transit à l'aéroport de Montego Bay en Jamaïque. Elles s'apprêtent à prendre le même vol à destination, l'une, de Montréal et l'autre, de New York. Le retard indiqué au tableau des départs s'offre à elles comme une occasion fortuite et heureuse en même temps de faire connaissance. Deux heures s'écoulent, des minutes s'ajoutent et s'égrènent. L'avion n'arrive pas. Il est retardé par la tempête qui sévit sur le continent nord-américain. En ce mois de janvier, le blizzard balaie les villes autour du quarantième parallèle. Tout y est sombre. Il y fait froid. Pourtant, ces deux personnes vont s'établir là-bas pour fuir l'instabilité et la précarité journalière d'une vie monotone. Les migrants sont souvent partagés entre leurs racines et la promesse d'une existence meilleure ailleurs. Il s'appelle Jacques. Elle se nomme Jacqueline. Ils auraient pu s'appeler Yvon et Joséphine. Qu'importe ! Ils se seraient quand même rencontrés. Pour un autre départ. Pour une autre destination. Un simple concours de circonstances les a rapprochés. L'embarquement est enfin annoncé et, du même coup, amorcé. À la porte d'entrée, on leur assigne des sièges l'un à côté de l'autre. Autre heureux hasard. Ils se lient d'amitié. Cela a lieu naturellement. Ils sont l'un à l'autre sympathiques. Ils sont faits pour s'entendre. Et ils deviendront des confidents l'un pour l'autre. L'amitié sans raison est sans doute l'unique qui vaille. Ils ne cessent de converser durant tout le voyage. Quatre heures de vol au-dessus d'un tapis de nuages. La peur des hauteurs les étreint. Ils s'échangent des plaisanteries pour la dissiper. Jacques et Jacqueline apprennent à se connaître, sans contrainte, sans réserve. Jacques explique à sa nouvelle amie combien la vie dans son coin de pays est devenue chère. Seul comptable de sa ville, il ne parvenait pas à nourrir sa famille. La plupart des gens ne trouvent pas grand-chose à manger. Comment pourraient-ils confier leurs affaires à un homme qui sait aligner les chiffres pour calculer actifs et passifs, coûts et bénéfices ? Et Jacqueline relatera à son nouvel ami une histoire au fond semblable, mais tissée de mots aux couleurs et aux goûts différents.

Partis de la Jamaïque à 4 h de l'après-midi, ils arriveront à New York à 7 h 30 du soir. C'est leur premier voyage à l'étranger. Ils patienteront un peu, avant qu'on vienne chercher l'amie et que l'homme continue sa route à destination de Montréal. Car les chemins qui conduisent aux aéroports sont longs à parcourir. Ils n'échangeront pas d'adresses, puisqu'ils n'en ont aucune. Pour le moment. Se reverront-ils un jour ? Ils attendront longtemps, longtemps avant de renouer. Ce sera un autre concours de circonstances qui leur offrira l'occasion de rétablir leurs relations si brusquement interrompues par le temps et combien affaiblie par la distance. Ce sera alors le début d'une nouvelle aventure, épistolaire celle-là, qui s'étendra sur de nombreuses années et qu'ils qualifieront eux-mêmes de *Dialogue ou correspondance intime*.

Montréal, le 2 novembre : 6 h 15
Jacques à Jacqueline,

Je me réveille à peine d'une nuit troublée par un je ne sais quel rêve qui m'a promené d'un pays à l'autre. Et coïncidence ! tu es revenue à ma mémoire. Depuis que je t'ai retrouvée par l'intermédiaire d'un ami et obtenu tes coordonnées, je n'ai pas cessé de me dire qu'il faudrait renouer avec toi. Et c'est ce que je veux faire aujourd'hui. Ce 2 novembre ramène ton anniversaire de naissance, je crois. Chaque année, tu sais, cette période, où la lumière fuit, exhale des odeurs de silence et de tristesse qui font peur à la vie. Mais avant tout, je suis intéressé à savoir ce que tu es devenue, ce que tu as construit durant ce temps qui nous a éloignés l'un de l'autre. Le migrant se doit de bâtir sur l'espoir qu'il entretient en terre étrangère. Si tu éprouves de la gêne à me parler de toi, je commencerai à te conter le récit de mon parcours jusqu'ici. Tu t'imagines bien qu'il ne m'a pas été facile de m'établir, de trouver un emploi qui me convienne, qui soit à la mesure de ma formation universitaire. J'avais étudié la comptabilité dans mon pays natal. Mais j'ai vite compris que j'étais loin d'être accepté dans la communauté des comptables agréés d'ici. Nous nous leurrons souvent sur nos possibilités réelles. Naïveté ou manque d'information utile et nécessaire ? J'ai longtemps caressé l'idée de retourner à l'université pour approfondir mes connaissances en vue d'obtenir un emploi à ma convenance. Illusion ! La réalité m'a vite rattrapé. Et j'ai dû, pour affronter la vie concrète, me réorienter, apprendre à connaître la ville et ses habitants pour finalement entrer dans l'industrie du taxi à Montréal. Je suis actuellement chauffeur de taxi. Chez toi, à New York où tu vis maintenant, tu dirais que je suis un taxi driver. Je tente d'imaginer comment tu prononcerais cette expression anglaise si tu étais à ma place. Certains Antillais n'ont pas vraiment la bosse des langues. Il faut que je te l'avoue : on ne se lève pas un beau matin pour se déclarer chauffeur de taxi. Cela implique et exige l'apprentissage éclairé de la conduite automobile, la connaissance de certaines lois ou règlements de la circulation et l'acceptation d'un code d'éthique qu'il faut observer en tous points. Je te ferai, une prochaine fois l'état de mon emploi du temps. C'est un dur métier, tu sais. Mais il comporte certains avantages. Les journées ne sont jamais pareilles. *Tu ne peux descendre deux fois dans le même fleuve, car de nouvelles eaux s'coulent toujours.* Les périodes de travail sont à certains moments riches en événements de toutes sortes, monotones quelquefois, mouvementées bien souvent. Je te raconterai tout, je te dirai tout, je t'informerai de tout. Alors, à bientôt !

New York, le 29 novembre : 23 h 30
Jacqueline à Jacques,

C'est étrange que tu te souviennes de la date de mon anniversaire de naissance. Je ne crois pas te l'avoir soulignée plusieurs fois. Tu as une bonne mémoire, je t'en félicite. À bien y penser, je ne devrais pas, puisque les faits et les chiffres te reviennent plus facilement qu'à d'autres personnes. Tu es comptable de formation. La tristesse qu'évoque le mois de novembre est connue de tous, du moins dans les pays de la chrétienté où l'on fête les saints et les morts. C'est ancré en nous dès notre enfance. On n'y peut rien. Tu ne saurais, il est vrai, en être conscient autant que moi qui suis née à cette période. Je me demande, d'ailleurs, quand je suis perdue dans mes mauvaises pensées, si ma mère n'avait pas mieux fait de choisir un autre jour, un autre mois pour me mettre au monde. C'est une autre histoire…

Tu me parles du métier que tu as choisi pour survivre et mener une existence normale. Nous sommes presque tous placés dans la même situation. Je suis arrivée à New York munie d'un diplôme d'institutrice que j'ai acquis après trois années d'études sérieuses : l'histoire, la littérature, la géographie, le français, les mathématiques, tout ce dont mon pays avait besoin pour relancer la jeunesse et la faire progresser. Hélas ! J'ai déchanté dès les premiers jours. Ne possédant pas l'anglais, j'ai dû m'orienter ailleurs. Une connaissance de mon quartier m'a donné l'adresse d'une manufacture d'objets en porcelaine, des bibelots comme on les nomme. C'est à cet endroit que je gagne ma vie tout simplement comme un oiseau qui bâtit progressivement son nid de feuilles séchées transportées d'ailleurs. J'admets qu'elle n'est pas neuve, cette comparaison, mais c'est celle qui me vient à l'esprit. J'ai appris à travailler vite et bien. « Le temps, c'est de l'argent », clame-t-on ici. J'ai très tôt compris la valeur réelle de ce dicton que nous répétions à satiété à l'école. Coïncidence, hasard ou concours de circonstances ? Appelle cela comme tu veux. Si je n'avais pas rencontré cette voisine guadeloupéenne, j'aurais cherché longtemps un emploi de bureau que je n'aurais peut-être jamais trouvé. Dans ton cas comme dans le mien, il est très difficile de décrocher le contrat idéal lié à notre savoir-faire. Lorsque j'enseignais, j'avais toute la latitude nécessaire pour expliquer, clarifier, reprendre les données essentielles à la formation de mes élèves. Ici, à la manufacture, c'est le temps qui me presse, me bouscule et me dicte ses lois. Ah ! les lois du temps. Il faudrait que quelqu'un m'éclaire là-dessus. Il faudrait qu'on y consacre un bon moment pour en approfondir le sens. À bientôt !

L'intermède

Entre-temps, le quotidien semble l'emporter sur les réflexions philosophiques. Il paraît que les retrouvailles, en amour comme en amitié, resserrent davantage les liens que la fréquentation routinière. Toutefois, un court silence va s'installer entre les deux amis.

Montréal, le 21 décembre : 18 h 15
Jacques à Jacqueline,

Excuse-moi de t'avoir ramené les souvenirs malheureux associés à ton anniversaire de naissance. C'est une parenthèse que j'ai ouverte et que j'entends tout de suite fermer. Pourtant, j'ai moi aussi mon mois fétiche, ma période de mystère. Je ne sais si cela correspond au solstice d'hiver. Quand décembre revient et qu'approche Noël, tout mon être fond. Ce n'est pas ce qu'on appelle communément la déprime saisonnière, c'est plutôt ce que je définis comme un retour sur moi-même, sur mon existence. Avec ou sans raison aucune, je revisite mon passé, projette mon avenir. Je réécoute les airs mélodieux ou tristes qui ont accompagné mes pas. Je te le dis : nous ne sommes ni frère et sœur ni même cousin et cousine, aucun lien de sang ne nous unit au-delà de l'amitié soudaine qui s'est installée à la croisée de nos chemins. Cependant, nous nous ressemblons fortement. Par le caractère. Par la manière d'appréhender les événements. Comme toi, sans l'aide d'un ami, j'aurais perdu tout mon temps à chercher un emploi rémunérateur en comptabilité. Il s'est agi pour nous d'un singulier concours de circonstances. Il me revient à la mémoire le cas d'un dentiste qui est arrivé à Montréal durant la même année que moi. Il pensait trouver du travail en claquant des doigts, étant donné son expérience en médecine dentaire (il avait pignon sur rue dans sa ville).

Tu seras étonnée, Jacqueline, d'apprendre que cet homme s'est lancé dans l'industrie du taxi à Montréal et qu'après plusieurs années de labeur assidu, il est devenu propriétaire d'un premier médaillon (c'est le terme qu'on emploie pour désigner le titre de propriété dans l'industrie du taxi), ensuite de deux, de trois, pour parvenir finalement à construire une flotte de véhicules, pourvoyant du travail à des migrants comme lui, venus des quatre coins du monde. Je sais que tu te questionnes sur le degré de satisfaction de chacun d'entre nous par rapport aux objectifs visés en quittant la terre natale. Tout dépend de l'énergie qu'on y consacre, de la volonté qu'on y met et de la chance, cette grande dame du hasard qui se dresse sur notre route, choisissant l'un et écartant l'autre, transformant les joies en tristesses et les désespérances en petits bonheurs d'occasion. Ils sont nombreux, ceux qui s'activent dans un emploi pour lequel ils n'ont pas été formés. C'est le « struggle for life » comme on doit sans doute le répéter autour de toi. À cela s'ajoutent deux formes d'intégration : celle à la société d'accueil et la participation à des animations communautaires. J'ai encore tant de choses à te raconter.

New York, le 25 décembre : 13 h 36
Jacqueline à Jacques,

Je me suis réveillée très tard, ce matin. La nuit de Noël a été pleine d'actions et d'émotions vives. Mes quatre enfants sont arrivés du pays depuis une quinzaine de jours. La joie de les revoir, mêlée au sentiment coupable de les avoir abandonnés pour chercher à gagner ma vie, m'a plongée dans une sorte de vide malgré l'abondance qui nous entoure : jouets, cadeaux pour tous les membres de la famille. Ici, Noël est la fête de tout le monde. Les riches donnent aux pauvres ; les moins nantis reçoivent un peu de tout dans l'allégresse du jour. Des bénévoles parcourent les rues à la recherche des sans-abri pour leur venir en aide. Il ne faut surtout pas que ceux-ci affrontent seuls dans la nuit les rigueurs du froid. Pour certains volontaires, c'est comme un besoin essentiel à leur vie de chrétiens, d'humains ou de citoyens. Déjà, je vois la différence : les gens riches de la ville où j'habitais vivent dans des maisons cossues, se soucient fort peu du bien-être de ceux qui selon eux traînent dans les rues. C'est cette part d'inégalité qui pèse lourdement sur bien des humains dans certaines régions du monde. J'espère que tu comprendras les raisons pour lesquelles je demeure partagée entre l'allégresse et l'inconfort.

Tu as semblé constater une certaine ressemblance dans ta façon de considérer les choses et la mienne. Tu applaudis au comportement du dentiste qui, par nécessité, a adopté une profession nouvelle en s'adonnant à conduire une voiture de taxi. Selon toi, les résultats de sa décision sont concluants et satisfaisants. Je ne crois pas qu'il aurait été aussi facile pour une femme à New York de s'intégrer à ce genre de métier. La gent féminine immigrante est plutôt orientée vers l'industrie manufacturière ou la domesticité. C'est là qu'on trouve les plus gros contingents de recrutement. Les immigrantes y passent leur vie entière, entretiennent leur famille immédiate et créent souvent l'occasion d'envoyer de l'argent aux nombreux parents et amis restés là-bas et qui attendent, les mains tendues, la manne venue de l'étranger. Les réussites sont modestes. Rares sont ceux qui parviennent à accumuler d'imposantes fortunes. Toutefois, le hasard ou la chance, le destin ou la coïncidence peuvent quelquefois nous surprendre et nous émerveiller dans les limites du réel et du plausible.

Je te raconterai, bien sûr une autre fois, la fabuleuse histoire d'Angéline Lafortune qui, contre toute attente, a réalisé ce que personne n'aurait cru possible.

Joyeux Noël et bonne année !

Montréal, le 2 janvier : 22 h 45
Jacques à Jacqueline,

Je viens de terminer ma journée de travail. Je rentre à peine à la maison. La veille ou le lendemain du premier jour de l'An s'avère une excellente période pour amasser un peu plus d'argent qu'à l'accoutumée. Les gens se bousculent dans les rues commerciales. C'est la ruée vers les magasins qui annoncent les aubaines. Même si c'est un moment ardu, il se révèle malgré tout fructueux. En particulier lorsque *l'Opération Nez-Rouge* manque de bras pour répondre à toutes les demandes d'aide venant de personnes ne pouvant circuler seules. Le métier de chauffeur de taxi, comme je te l'ai déjà signalé, est un rude métier. Voilà pourquoi certains d'entre nous modifient assez souvent leur emploi du temps. L'horaire peut varier selon les circonstances. De 8 h aux environs de 18 h, c'est la plage horaire préférée des pères de famille qui rejoignent leurs enfants le soir afin d'aider aux besoins quotidiens. De 13 h jusqu'à 23 h, on trouve les hommes qui ont de grands adolescents ne réclamant plus leur présence à la maison. Enfin viennent les solitaires, célibataires, sans doute, qui bravent la nuit violente ou froide selon les saisons pour occuper l'espace qui fait peur et cause de réels ennuis.

Tu sais, Jacqueline, l'industrie du taxi à Montréal a été pendant quelques années le théâtre de brûlants conflits. Le racisme, puisqu'il faut l'appeler par son nom, a failli détruire le tissu social déjà trop fragile de la migration. Des Noirs d'origine modeste étaient acceptés par des compagnies, mais refusés par d'autres qui étaient fermées à toute intrusion de personnes de couleur. Des clients blancs exigeaient d'être conduits par des chauffeurs blancs, quelle que fût leur nationalité. Et que dire des campagnes publicitaires orchestrées par les entreprises contre leurs concurrentes qui avaient le courage d'engager des employés noirs ! Une lutte féroce s'était installée au sein même de la société d'accueil entre les partisans de l'acceptation des Noirs et ceux du refus total.

Ce soir, en te racontant cette page de l'histoire récente de ma ville, je me demande encore comment cela a-t-il été possible en plein XXe siècle au sein d'une société à consonance française et en évolution continue. Nous avons vécu et nous vivrons encore de tels égarements sur la planète tant qu'il y aura des hommes et des femmes à choisir le mal pour chercher à défier le bien que réclame l'humanité… Le pire de tout cela, c'est que parmi les récalcitrants ou opposants à l'intégration des Noirs à l'industrie du taxi, il y avait, m'a-t-on rapporté, un nombre imposant de Québécois venus d'ailleurs pour gagner leur vie sur cette terre d'Amérique. Quelle absurdité !

Je suis sorti de la maison pour respirer un peu avant d'aller me coucher. Une odeur de feu de bois m'envahit. Une nuit éclairée par la lune argentée. Aucune étoile filante. Il fait beau. Il fait froid. La vie est, quand même, assez belle pour moi. Pour le moment.

New York, le 15 mars : 14 h 44
Jacqueline à Jacques,

En relisant ta dernière lettre, j'ai eu le sentiment que ton expérience s'est arrêtée sur la situation des hommes en recherche d'emploi. Chez les femmes d'ici, deux mots-clés symbolisent parfaitement leur lutte pour l'existence, pour l'assurance du pain de chaque jour : manufacture et domesticité. Tu seras peut-être étonné d'apprendre que c'est avec leur mince revenu hebdomadaire qu'elles parviennent à survivre, à s'occuper de leurs familles restées au pays d'origine, à faire venir leurs enfants pour leur garantir une éducation de qualité. Échecs, efforts, désespoirs, réussites, tel est le lot de ces femmes qui se retrouvent seules à se lever, dès potron-minet, pour aller travailler et revenir le soir préparer à manger à leur progéniture. Il arrive que, par miracle, des événements extraordinaires se produisent. Je t'ai promis dans ma dernière missive de te parler d'Angéline Lafortune. Eh bien, voici son histoire, un exemple, entre tous, des caprices du hasard. Incroyable, mais vraie !

Elles étaient trois sœurs d'une famille de huit enfants, pas aisée du tout, mais bien éduquée. Les journées, les semaines, les années passaient sans que l'une d'entre elles ait pu trouver du travail dans la petite ville où l'on pouvait compter sur les doigts de la main les emplois disponibles en ce temps-là. Deux des cinq garçons travaillaient, l'un dans l'enseignement, l'autre dans la mécanique automobile. Le père était souvent absent. Un certain jour de février, période des grandes festivités carnavalesques, un jeune couple de New-Yorkais arriva à la capitale. Ces visiteurs voulaient faire d'une pierre deux coups, selon la formule : admirer les danses et les formes multicolores qui s'offraient à leurs yeux et trouver une personne de sexe féminin, prête à prendre soin de leurs enfants en bas âge. Au cours de leurs multiples rencontres, ces Américains blancs firent la connaissance d'une famille relativement riche à laquelle ils soumirent leur requête. Il fut fort aise à celle-ci de s'adresser à ses parents de province en proie à de grandes difficultés financières. L'aînée des trois jeunes filles fut choisie. Elle refusa l'offre. Sa cadette accepta de partir, le cœur déjà endeuillé de laisser les siens, mais la tête remplie de promesses d'avenir pour tous. Quelle coïncidence ! L'histoire rapporte qu'Angéline prit bien soin des enfants qui lui étaient confiés. Une longue carrière faite d'affection, de sollicitude, d'amour, au point que, sans qu'elle n'ait entrepris aucune action héroïque, elle devint la mère adoptive, par affection, de tous les enfants du couple.

Jacques, je t'imagine déjà en train de me demander, avec un sourire en coin, en quoi cela sort-il de l'ordinaire. Je m'empresse donc d'ajouter que, loin d'en rester là, la riche famille, avec l'assentiment d'Angéline, entreprit de prélever de son salaire un montant qu'elle plaça dans les actions de ses propres entreprises. C'était, en quelque sorte pour la jeune fille, une *police d'assurance*. Bien avant cela, la prévoyante gouvernante avait eu le temps et le bon sens de garantir l'entrée aux États-Unis à toute la parenté, tant proche qu'éloignée. Tu devines aisément ce qui est arrivé ! Au fur et à mesure qu'Angéline vieillissait, les actions se multipliaient. Au moment de prendre sa retraite, elle était déjà multimillionnaire. C'est l'un des rares exemples de réussite, de prospérité que l'on peut attribuer à la domesticité. Combien d'autres ont travaillé sans relâche, avec ardeur et ténacité pour n'obtenir, au bout du compte, qu'un soupçon de mieux-être. Je m'arrête ici. Prends bien soin de toi.

Montréal, 2 mai : 15 h 35
Jacques à Jacqueline,

Je prends une journée de congé aujourd'hui parce que j'ai travaillé tard hier. C'était la fête internationale des travailleurs. L'insulaire que je demeure, malgré tout, s'attache beaucoup plus à cette date qu'à celle adoptée par la société et les États nord-américains. Ici, on célèbre la fête du Travail le premier lundi du mois de septembre avant la rentrée des classes. Les syndicats commencent timidement à valoriser le premier mai comme on le fait en France. D'ailleurs, quelle importance ! Les travailleurs au bas de l'échelle sociale sont partout les heureux perdants. Heureux parce qu'ils ont la chance de travailler pour gagner leur vie. Perdants parce qu'ils en donnent beaucoup trop pour en recevoir trop peu. Mis à part les bénéficiaires du bien-être social, les femmes et les hommes s'attellent au dur labeur quotidien.

Tu m'écrivais, il n'y a pas longtemps, que tu ne croyais pas en la possibilité pour une femme de devenir chauffeuse de taxi. Pourtant, mon amie Chimène a prouvé le contraire. Belle et fraîche, cette femme se trouve enceinte à l'âge de 22 ans d'un bon vivant qui abhorre le travail sous toutes ses formes. Les parents de la jeune fille, ne pouvant digérer le fait, la chassent de la maison. Abandonnée, elle doit se démener pour faire vivre sa petite famille. L'homme, buveur excessif et insolent, aimant la musique, s'achète de beaux habits dont Chimène paie les factures. Elle le met à la porte.

Coincée de toutes parts, la jeune femme, alors âgée de 26 ans, décide de tenter sa chance ailleurs. Pourquoi pas dans le taxi ? se dit-elle. Elle demande conseil à un ami qui l'encourage et accepte de l'aider. Elle suit des cours pour devenir chauffeuse de taxi. Dans sa communauté, elle sera la première à embrasser cette difficile carrière. Déjà, à l'école, les hommes la regardent de travers : « Qu'est-ce qu'elle est venue faire ici ? » Il lui faudra plusieurs recommandations avant d'être acceptée par une compagnie. Chimène retrousse ses manches, s'adapte, coupe ses cheveux, porte désormais des pantalons. Elle ne s'isole pas. Quand elle voit un groupe de chauffeurs en train de bavarder, elle s'approche d'eux, se joint à la bande, entame un échange, comme si elle faisait partie du groupe. Que l'on ne s'y méprenne pas ! C'est un métier d'homme. Un jour, elle reçoit un appel de la compagnie pour aller chercher un client. Elle se présente à l'adresse indiquée. L'homme qui lui ouvre la porte l'assomme d'une phrase lourde de préjugés, la regardant de la tête aux pieds : « Excusez-moi, Madame, j'ai appelé un taxi. » Et Chimène, courageuse, de répondre fièrement : « Le taxi, c'est moi. » L'homme tout confus monte dans la voiture de Chimène qui le conduit à bon port avec courtoisie et, c'est le cas de le signaler, comme l'aurait fait un gentilhomme.

Quand vient l'hiver et que les nuages s'amoncellent pour laisser tomber la neige ou le verglas, la jeune femme s'habille en conséquence, s'empare de sa large pelle, déblaie vigoureusement, nettoie tout et part travailler, fière d'avoir réalisé ce que personne n'aurait cru possible, auparavant. Et pour finir, mon amie achète son propre permis pour devenir propriétaire à part entière. Participe activement à la lutte pour l'émancipation des femmes dans notre société. Tu le vois bien. La vie n'est pas faite uniquement de déboires ou de rêves brisés. Il est quand même des sentiers qu'on croyait égarés et qui se révèlent à nous comme des chemins inespérés. Comme il existe aussi des situations qui nous blessent et qui font de nous des témoins impuissants face à la misère humaine. Patiente un peu ! Veux-tu ?

New York, le 30 mai : 21 h 50
Jacqueline à Jacques,

Quelle merveilleuse histoire tu m'as racontée ! Elle est vivifiante, rafraîchissante, époustouflante même. Elle est comme le printemps qui fait pousser les fleurs que le mois de mai offre à des yeux éblouis. Existe-t-elle vraiment, cette femme énergique, intrépide, sans complexe ? Ou bien l'as-tu inventée, tirée de ton imaginaire romanesque ? Je ne m'attendais pas à une telle réussite dans une société si longtemps soumise, comme on me l'a rapporté, aux contraintes sévères de l'Église catholique romaine. On m'a dit que la femme québécoise n'a commencé à se libérer qu'au début des années 1960. On ne verrait pas ça dans les pays du Sud. Je lui lève mon chapeau. Ne t'est-il jamais venu à l'esprit d'être plus près d'elle, de la courtiser peut-être ? Tu n'es pas marié, que je sache ! Tu n'éprouves pour elle aucun désir charnel, n'est-ce pas ? Mais tout cela, je l'admets, n'est pas de mes oignons. Je n'ai nullement l'intention de comparer ma vie à la sienne. Toutefois, nous avons, sans doute, été animées par le même esprit de combat. Je ne te l'ai pas mentionné lorsque nous nous sommes rencontrés : je fuyais mon mari. C'était un homme insouciant, un coureur de jupons, une sorte de jouisseur. Remarque que je parle de lui au passé parce qu'il est décédé depuis. Il partait de la maison durant des jours, des semaines, des mois sans me donner le moindre signe de vie. Puis il revenait, crevé, fatigué de ses voyages, sûr de retrouver sa femme et ses enfants à l'endroit où il les avait quittés. Les années passaient. Je continuais à enseigner à la même école, comme si j'étais devenue un meuble ancien accroché à un mur de l'établissement. Personne n'osait me faire bouger. Je ne pouvais pas m'en aller. Que dis-je ! Je ne désirais envisager aucun changement dans mon existence terne, sans avenir et sans avenue, quand, au bout de quelque 11 ans, je me suis surprise faisant face à un choix difficile dont allaient dépendre ma vie et celle de ma progéniture : soit je restais emprisonnée dans ma situation, ou bien je brisais les chaînes pour m'en aller vers d'autres horizons, incertains, bien sûr. Je venais de mettre au monde mon quatrième enfant, une jolie petite fille qui me ressemble, d'ailleurs. J'optai pour la deuxième solution. Encouragée par certains, apeurée par d'autres, je mis à exécution le plan que j'avais minutieusement préparé. Oh, non ! Je ne me suis pas sauvée comme une voleuse emportant les biens de l'autre. Que Dieu me prenne à témoin ! Il sait sous quel fardeau mon âme succombait. De toute façon, je n'aurais fait que recouvrer la moitié de ce qui me revenait. Alors je me suis tout simplement sortie d'un horrible cauchemar. Aidée de mes parents, je suis partie. Les enfants suivraient pour me rejoindre quelques années plus tard. Je ne suis pas partie à la conquête d'un autre monde, mais au combat quotidien pour une vie meilleure. Quand je t'ai rencontré, mon très cher ami, je traversais l'un des pires moments de mon existence.

Le spectre de l'isolement, l'abandon de ma mère, celle des enfants, l'éloignement d'un paysage, de tout ce qui me touche, pesaient lourdement sur mes pas tout le long du chemin que j'allais devoir parcourir.

Qu'à cela ne tienne ! Aujourd'hui, ma réussite, quoique modeste, est réelle. J'ai éduqué mes enfants. Ils sont partis sur leur propre chemin. Je suis seule. C'est le nouveau drame que maintenant je vis.

À bientôt !

Montréal, le 25 juin : 5 h 35
Jacques à Jacqueline,

J'ai vu tôt ce matin, en revenant chez moi, les lumières blanches de l'aube. Le jour naît de bonne heure, s'étend, s'épanouit lentement. La nuit trépidante a fait place au soleil pâle et timide des matinées indécises. Un léger brouillard en cache les lueurs. Une nuit complète de travail. J'ai encore le roulement de la voiture dans mon corps. À peine avais-je déposé un passager que j'en prenais un autre. Et cela n'en finissait plus. C'était la fête nationale des Québécois appelée *La Saint-Jean-Baptiste.* D'un fondement foncièrement religieux, on est passé à une connotation politico-sociale. J'ai été fasciné par l'aspect catholique de cette manifestation durant laquelle un garçon blond était autrefois placé debout sur la plate-forme d'un char allégorique, tenant en laisse un jeune mouton. L'humain et la bête donnant tous deux une vague impression d'innocence. Puis les temps ont évolué. Est arrivée la période des rassemblements de quartiers qui conféraient un sentiment d'appartenance aux Néo-Québécois. Enfin, les partis politiques sont venus occuper ce champ fragile où voltigent souvent des étincelles d'un nationalisme agressif. N'importe quoi peut arriver. Je te relate tout cela simplement pour te dire combien mon métier m'a appris à observer ma ville d'adoption. La regarder dans les entrailles de la nuit comme dans la lumière du jour brûlant ou froid.

Chimène dont je t'ai parlé est un cas parmi d'autres. Rien de plus. Il est dans ma nature de me pencher sur les difficultés qu'éprouvent certaines personnes. La nuit dernière, par exemple, j'ai été confronté à deux situations dont l'une aurait pu mal tourner pour moi.

Près de la Place Jacques-Cartier dans le Vieux-Montréal, où je me tiens assez souvent (la station de taxis est presque déserte, les véhicules étant partis pour différentes courses), un homme monte dans ma voiture. Robuste, dans la trentaine avancée, la gueule fumante d'alcool et de tabac, il me paraît stressé, comme s'il était en cavale, fuyant sans doute un ou plusieurs individus mal intentionnés. « Conduisez-moi au Plateau-Mont-Royal », me lance-t-il en tremblotant. Le Plateau, comme on le surnomme familièrement, est le quartier des jeunes relativement aisés, des professionnels, des intellectuels qui profitent de la vie de toutes les façons du monde actuel. Je démarre le véhicule, me dirige vers la rue Saint-Laurent, tourne à gauche, cap sur l'avenue Mont-Royal perpendiculaire à celle-ci. Je roule, je roule… « Arrêtez », m'ordonne-t-il. J'applique les freins si lentement que mon passager ne croit pas que je vais obtempérer à sa demande. « Vous êtes arrivé » lui criéje. Il ne bouge pas. L'espace d'un instant, je le crois mort. Puis, comme s'il revenait d'un profond sommeil, il me relance, les yeux hagards : « Aux Ponts de Paris. » Sans rouspéter, je reprends la route, je vais à la rue Ontario, et de là, j'entre dans une petite avenue qui me conduit à l'endroit mentionné. À côté, un corridor sombre dans cette nuit déjà trop mouvementée m'effraie. Le compteur indique 89 dollars.

Je précise et répète 89. « Je n'ai pas d'argent », me jette-t-il en plein visage. Il ouvre la portière et se met à courir à pleines jambes, se faufilant dans la noirceur de l'entre-deux-ruelles. Je sors de mon taxi pour tenter de le rattraper. En vain. Je rebrousse chemin et continue de circuler. Peut-être, le répartiteur va-t-il m'appeler. Je le souhaite. La recette n'est ni énorme ni dérisoire malgré les festivités. J'allume la radio. Surprise, étonnement, désarroi ! Un homme blanc, jeune adulte vient d'être abattu d'une balle à la tête par des individus jusqu'ici non identifiés. La description qu'on fait de la victime me renvoie aussitôt à mon client déserteur. Quel hasard, quelle coïncidence !

À vouloir gagner sa vie, on risque de la perdre. Je ne sais quel ange gardien m'a retenu dans la poursuite de cet individu au fatal destin. Ainsi va la vie. Je te raconterai, la prochaine fois, l'autre volet de ma trépidante nuit.

New York, le 14 juillet : 20 h
Jacqueline à Jacques,

Ta dernière lettre m'est parvenue le 3 juillet. Le lendemain, les Américains célébraient le jour anniversaire de leur indépendance. Ils arborent leur drapeau partout. Ils sont tellement chauvins ! Je te parlerai de tout cela la prochaine fois. Je ne voudrais pas te bousculer, mais j'ai bien hâte de lire le récit du deuxième incident qui a partagé ta trépidante nuit du 24 juin.

J'ai remarqué, par ailleurs, que tu gardes le mystère sur ta vie personnelle dont j'aimerais tellement pénétrer le secret.

Montréal, le 28 juillet : 21 h
Jacques à Jacqueline,

À vrai dire, je n'ai aucun secret bien gardé dans ma vie d'adulte. Un flirt très discret, une amourette timide, mais exquise, quelques anodines promesses à peine prononcées qu'elles étaient déjà tombées dans l'oubli. Quand viendra entre nous le temps des confidences, j'ouvrirai tout grand un coin inexploré de ma vie. Pour l'instant, je m'adonne à mon travail, je m'y abandonne même, écoutant quelquefois la voix plaintive des laissés-pour-compte, observant les gestes désespérés de certains clients. En ce qui concerne le deuxième incident, en voici les détails.

Je reprends la route pour rentrer chez moi. Les rues sont encore habitées. Des gens, surtout des jeunes se croisent, se faufilent au milieu de groupes bruyants, haussant la voix eux-mêmes. J'ai hâte de terminer. Je reçois un appel du répartiteur : « C'est le dernier », me lance-t-il. Je me dirige sans tarder à l'adresse indiquée. L'homme que je m'apprête à faire monter dans ma voiture est grassouillet et mal vêtu, mal foutu même. Les cheveux gras, bien aplatis sur sa tête ronde, offrent l'allure d'un être désemparé. Il monte.

« Où allez-vous ? », m'enquiers-je.

Un long moment d'attente, de silence.

« Boulevard de Rome, à Brossard ; il faut traverser le pont Champlain », réplique-t-il.

J'entame la traversée du pont. Un dernier quartier de lune fait briller la surface de l'eau. Le fleuve est majestueux même à la saison sèche. Il est 3 h du matin. La fatigue cambre mes reins. Je suis à bout de nerfs et de souffle. Que va-t-il arriver ? Le client n'est certain de rien. Il marmonne des mots dans une langue que je ne comprends pas. J'essaie d'obtenir de lui des précisions sur son adresse. Il s'affaisse sur la banquette arrière. Il s'endort dans un ronflement soudain et fort. L'odeur qu'exhale son corps, mêlée à l'alcool qu'il a ingurgité toute la soirée, me monte au nez, enfle ma poitrine.

« Réveillez-vous. Il faut que vous me donniez votre adresse. »

« Je ne sais pas. Je n'en sais rien. »

Et la morve qui coule de sa bouche grande ouverte me donne d'abord l'envie de vomir. Maintenant, il pleure et j'en suis profondément touché.

« Je ne sais plus où je vais, je n'ai pas la clé de la maison où j'habite. Et je n'ai pas d'argent. »

Je viens de me rendre compte de la situation précaire dans laquelle se débat ce passager. L'homme ne bluffe pas. Il est démuni. C'est la misère humaine qui s'étale sous mes yeux. Elle m'atteint au plus profond de mon être et de mon corps. Je transpire. D'ailleurs, c'est l'été. Je me surprends en train de pleurer avec lui. La misère d'un individu est le miroir de celui qui le regarde souffrir. La douleur de l'autre nous ramène à notre propre douleur. La souffrance de l'autre nous conduit à notre propre souffrance. Qu'importe l'argent que je perds ! Je gagne en indulgence.

« Vous n'avez pas besoin de me payer. Je m'arrangerai avec la compagnie. »

Je le conduis vers un grand centre commercial connu, souhaitant qu'il retrouve son adresse et ses esprits. Crois-moi, chère Jacqueline, cette nuit-là a été la plus longue et la plus bouleversante de ma carrière. Je m'en souviendrai longtemps encore.

New York, le 15 août : 10 h
Jacqueline à Jacques

Je me suis réveillée très tôt ce matin pour me rendre à l'église. C'est une fête religieuse aujourd'hui. Importante aux yeux de tous les catholiques du monde, les femmes particulièrement. Au Québec, m'a-t-on rapporté, les gens affluent vers le sanctuaire de Notre-Dame-du-Cap, où les Trifluviens les accueillent avec ferveur. J'y suis allée une ou deux fois durant mes vacances d'été. Il semble aussi que ce soit le lieu de prédilection où l'on rencontre le plus de personnes originaires de la grande région caribéenne. Elles viennent, achètent, mangent et prient. Lors de ma dernière visite, il y a de cela dix ans, j'ai assisté à un événement tout à fait impromptu. Une jeune femme, qui avait perdu son mari à l'avantage de sa rivale, était venue implorer la Sainte Vierge afin qu'elle l'aide à retrouver celui à qui elle avait consacré toute sa jeunesse. À genoux, les bras tendus vers la Madone, elle pleurait, elle priait. Après trois jours de demandes intenses et répétées, épuisée par le jeûne qu'elle avait entamé, elle se releva, ferme et décidée, se dirigea vers la grande porte de la basilique. Au parvis, son mari déserteur l'attendait, une gerbe de fleurs à la main et un franc sourire éclairant le visage.

— Je suis venu te chercher comme au premier jour naissant de notre grand amour. Pardonne mon égarement. Voudras-tu me reprendre sans rancune ni aigreur, sans remords, sans regret de ne m'avoir pas trahi à ton tour ?

— Dieu est miséricorde, ne tolère pas la haine. Car la haine engendre la haine et l'amour couvre toutes les fautes. L'amour triomphe de tout.

Mon cher ami, c'était la première fois que j'entendais de tels et humbles aveux de la bouche d'un homme. Était-ce l'amour ou le repentir ? Étaient-ce les prières et la force d'aimer qui avaient influé sur les lois du hasard pour donner un nouveau souffle au rapprochement de deux êtres quelque temps séparés ?

Tu ajouteras ta pensée à la mienne, ou tu la réfuteras sans doute par opposition à ma foi toujours fidèle. Je sais pourtant que la force qui nous anime peut traverser des montagnes et transformer à tout moment le destin des hommes.

Par-delà l'événement, c'est l'être humain lui-même qui joue sa vie aux dés, aux aléas du temps. Soit qu'on se fie aux valeurs inculquées durant l'enfance : ne pas se plaindre, être fort, être courageux, soit qu'on se laisse guider par le destin qui entraîne, dévore et, peut-être, tue.

Quant à moi, mon ami, je commence maintenant à éprouver la peur d'une solitude dont je sens déjà venir l'atroce pesanteur. Tu me diras, je sais, que j'exagère, que je me perds trop vite dans l'abîme, que je cherche la souffrance là où elle n'existe point. Mais la douleur n'est pas toujours visible à la première approche, il faut toujours aller plus loin.

Montréal, le 25 août : 20 h
Jacques à Jacqueline,

Décidément, les dates que nous choisissons, inconsciemment sans doute, pour nos entretiens épistolaires, rappellent souvent des fêtes religieuses. Il arrive que ce jour ramène l'anniversaire de la mort de saint Louis, roi de France. Ce monarque qui a mené la douzième croisade « en terre sainte contre les infidèles ». C'était au Moyen Âge. Tant de sacrifiés, hélas, pour les richesses de l'Orient !

Bref, tu as raison de penser qu'il faut aller au fond des choses pour comprendre et se laisser émouvoir. Comme tu le sais maintenant, mon métier me conduit n'importe où, à n'importe quelle heure, partout où la vie étale ses travers quotidiens.

Il y a quelque temps de cela, je reçus un appel du répartiteur. Quand je m'arrêtai à l'endroit indiqué, un couple attendait en discutant : un homme blanc dans la cinquantaine avancée et une jeune et jolie Noire de 22 ans à peine. Monsieur me pria d'attendre pendant qu'il tendait une enveloppe à la jeune femme tout embarrassée. Il l'embrassa gauchement sur les lèvres. Il me sembla que la fille montrait peu d'empressement à répondre à ce geste.

— S'il vous plaît, Monsieur, conduisez-la à l'Île Saint-Pierre. Elle vous donnera l'adresse

Je souris. Cette course allait me rapporter au moins une soixantaine de dollars. De plus, je me réjouissais déjà à l'idée d'avoir dans mon véhicule, pour une bonne demi-heure, une fille exquise, différente des autres passagers. J'avais démarré quand l'homme se mit à courir après la voiture, me demandant d'attendre un peu. Il se pencha du côté de la portière arrière pour s'adresser à ma cliente :

— N'oublie pas de dire à ta mère que je ne l'ai pas oubliée en ce qui concerne ce dont on s'est parlé. Je passerai la voir probablement jeudi.

Il se baissa pour l'embrasser encore. Visiblement, la fille supportait mal ces marques publiques de tendresse. Elle tendit les lèvres en les gardant cependant fermées alors que ce parrain essayait d'y aller à pleine bouche. Un peu gêné et triste à la fois, il me fit signe que je pouvais repartir. Quels étaient ses sentiments réels ? Je ne pus en juger sur le champ.

— Je vous indiquerai le chemin une fois que nous serons arrivés sur l'Île, prononça-t-elle faiblement.

Je jetai un regard silencieux dans le rétroviseur. Elle avait des traits délicats. Mais elle avait également l'air d'un enfant perdu, effrayé par l'avenir. À son accent, on pouvait parier qu'elle venait d'Afrique. Une Malienne, une Camerounaise, peut-être ?

Tout en admirant ce très beau visage d'un ovale pur, je m'interrogeais sur les raisons essentielles qui avaient pu bien jeter une jeune fille aussi attrayante, apparemment ingénue, dans les bras d'un homme dont elle aurait pu être la progéniture. Dans mon for intérieur, je criai au désastre, je hurlai ma colère à la mère que je ne connaissais même pas. Je fus tenté du même coup de traiter l'Africaine de prostituée, de femme dépravée, de marchande de chair. Puis je me repris en pensant aux vers sublimes de Victor Hugo :

Oh ! n'insultez jamais une femme qui tombe !
Qui sait sous quel fardeau la pauvre âme succombe !
Qui sait combien de jours sa faim a combattu !
Quand le vent du malheur ébranlait sa vertu.
Qui de nous n'a pas vu de ces femmes brisées
S'y cramponner longtemps de leurs mains épuisées !
Comme au bout d'une branche on voit étinceler
Une goutte de pluie où le ciel vient briller,
Qu'on secoue avec l'arbre et qui tremble et qui lutte,
Perle avant de tomber et fange après sa chute !
La faute en est à nous ; à toi, riche ! À ton or !
Cette fange d'ailleurs contient l'eau pure encor.
Pour que la goutte d'eau sorte de la poussière,
Et redevienne perle en sa splendeur première,
Il suffit, c'est ainsi que tout remonte au jour
D'un rayon de soleil ou d'un rayon d'amour !

C'était une chaude et agréable nuit d'été. Il devait être 22 h. La nuit, l'autoroute est déserte. J'augmentai légèrement le volume de la chaîne stéréo de la voiture, qui jouait en boucle un CD-ROM de Léo Ferré. Je dégustai la musique tout en scrutant grâce au rétroviseur le visage de la jeune fille emmurée dans son silence et dans je ne sais quel chagrin. Je me sentis touché et aurais bien aimé pouvoir prononcer un mot, une simple phrase pour soulager son âme, calmer ses inquiétudes. Rien. L'appareil faisait à présent entendre *Jolie Môme*, l'une des plus belles chansons de Ferré. Quand la musique s'arrêta, elle me supplia :

— Voulez-vous la faire jouer encore, Monsieur ?

— Avec plaisir.

Ce n'était pas que de la politesse. J'adorais écouter à répétition cette mélodie. Je regardai de nouveau dans le rétroviseur. La jeune fille écoutait tristement les paroles et les notes comme si elles lui étaient destinées.

— Encore une fois, Monsieur, supplia-t-elle, après que la musique se fut arrêtée.

Pendant toute la durée du voyage, je ne pus écouter aucune autre pièce du disque. Elle me la réclamait toujours, elle la demandait sans cesse.

Elle devait, certes, s'identifier à la jolie môme de la chanson dont les baisers sont pointus comme un accent aigu et *dont on violente le violon après s'être fait sa barrière de frous-frous*. Elle devait se rendre compte qu'elle n'était *qu'une jolie môme, une rose éclatée qu'on posera bientôt à côté.*

New York, le 11 septembre : 8 h
Jacqueline à Jacques,

Ah ! Quelle envolée poétique, quelle prodigieuse mémoire !

Je ne te savais pas diseur de tant de mots superbes qui traduisent de très près le sens que tu as donné à ta vie. Je peux t'avouer que je suis même émue de saisir ta pensée au sujet des femmes, des démunis, de celles qui tombent sous le poids de la misère, cette faucheuse d'âmes pures. J'ai pensé, en lisant ton récit, que tu allais, à un certain moment, rebrousser chemin pour insulter et même bousculer ce vieil homme libidineux qui, comportement malsain, venait de dévêtir cette jeune fille, angélique à tes yeux.

Mais quand vas-tu renoncer à vouloir rebâtir le monde et anéantir ses misères ? Tu es poète. Je le sens. Je le vois. Et, dans ton âme ainsi faite, tu crois qu'il t'appartient, malgré le vent, l'avalanche et l'orage, de te dresser, tête nue, brave et souriant, pour saisir à pleines mains la foudre ravageuse afin d'offrir au peuple de Dieu le don qui vient du ciel.

Tu cherches et tu trouves la vie dans celle des autres. Il est temps pour toi de bien entrer dans la tienne, de prendre tes années à témoin pour toutes les vérifier, de sauver enfin tout ce qui vient de toi. Tu es souvent troublé par l'injustice humaine, sensible aux larmes qui coulent d'yeux innocents. Et silencieusement, avec des mots cachés, tu dresses des murs pour éloigner la honte ; tu abats les portes fermées des prisons qui ensevelissent les mémoires vives. *Tu es homme (Jacques) et rien de ce qui est humain ne t'est étranger.* Je ne sais combien d'années déjà ont comblé ta rude carrière de « taxi driver » bienveillant ; il serait temps pour toi de penser à te retirer de cette course folle.

On dit souvent que *vivre, c'est cheminer le temps d'un court voyage.* Il ne faudrait pas, de plus, en abréger le cours. L'habitude du travail, même par l'espoir d'une vie meilleure qu'elle crée chaque jour, ne saurait tenir en lieu et place d'une société où l'idéal serait atteint. Car, s'il advenait que tu perdes tout sans t'y être préparé, tu serais mort d'ennui.

Toutefois, je serai là pour t'aider à franchir cette étape. Je te convie à ma table en toute sincérité.

Un plaisir dont on jouit seul n'est pas un vrai plaisir.

Je t'invite au nom de l'amitié. Cette corde tendue de mon cœur au tien est aussi généreuse que l'amour, mais plus rare et plus grande que la passion dont tout humain semble animé.

Montréal, le 23 septembre : 9 h
Jacques à Jacqueline,

Les quatre dernières lignes de ta sublime lettre m'ont plongé dans une réflexion profonde. Tu m'as soudain parlé de passion, d'amour et d'amitié. Ce sont des sentiments qui sommeillent paisiblement au fond de ma conscience d'homme. Ils se réveillent à tout instant, chaque fois que je vois l'autre en danger, et qu'il me revient le devoir et la responsabilité de le protéger.

L'amour existe-t-il dans le sens que lui donne le commun des mortels ? Est-il plus fort que l'amitié et la passion ? Pourquoi, d'ailleurs, le cherche-t-on sans cesse ?

En ce qui me concerne, c'est dans les gestes quotidiens qu'on peut le découvrir. Tiens…

Une fois, en plein hiver, c'était un dimanche matin. La faible neige qui était tombée la nuit avait laissé les rues recouvertes d'une mince couche de glace. Il faisait excessivement froid. Il devait être environ six heures quand je reçus un appel de mon répartiteur qui me demandait de me rendre à une résidence du *Quartier 10-30*. Je te signale, en passant, que c'est l'un des points de chute les plus resplendissants de la Rive-Sud de Montréal. C'est comme un beau et grand village qui s'étale sous nos yeux. J'étais fatigué et quelque peu désabusé. Je m'évertuais à me plonger dans l'écoute d'une chanson de Brel, que j'aimais particulièrement. Ma fatigue était si grande que même la musique du grand Jacques ne parvenait pas à me soulager.

La ville s'endormait
Et j'en oublie le nom
Sur le fleuve en amont
Un coin de ciel brûlait
Et la nuit peu à peu
Et le temps arrêté
Et mon cheval boueux
Et mon corps fatigué

J'étais dans tous mes états ce dimanche matin. Je digérais très mal le fait d'avoir passé la nuit du samedi à transporter des jeunes gens qui se rendaient dans les discothèques et les bars de la Rive-Sud ou de Montréal. Les appels placés à cette heure me révulsaient. Souvent, il s'agissait d'une fille ou d'un garçon qui voulait rentrer après le « one night stand » de rigueur succédant aux débauches de la veille.

Je m'arrêtai devant un édifice de la rue Leduc où une silhouette de femme attendait, bien emmitouflée dans un *anorak* blanc. La musique continuait de tourner et remplissait ma tête de notes tristes.

La ville s'endormait
Et j'en oublie le nom…
Et la fatigue qui plante
Son couteau dans mes reins
On m'attend quelque part
Comme on attend le roi…

Plutôt triste et un peu endormi, je ne daignai même pas regarder la personne qui montait à l'arrière de mon véhicule.

— Eh ! C'est bien toi, me cria joyeusement une voix que je connaissais bien.

C'était Louise, une singulière cliente, un oiseau du paradis avec qui je m'étais lié d'amitié. Sympathique, elle me racontait sa propre vie, ses déboires, ses aventures qu'elle enchaînait avec une étonnante rapidité. Aussi voyais-je tout dans son âme. À force de recevoir ses confidences, j'avais fini par faire partie de son monde, enchanté par moments, désastreux souvent. Ce matin-là, comme toutes les autres fois, elle ne se fit pas prier pour me raconter sa torride soirée.

— Sais-tu que j'ai tellement bu la nuit dernière que j'ai été tout étonnée de me réveiller ce matin toute nue dans le lit d'un homme que je ne connais même pas ? Je ne me rappelle aucun détail, mais dans ma mémoire, les sensations les plus violentes, les plus agréables qu'il m'a été donné d'éprouver sont encore bien vivantes. J'en ai encore des frissons dans la chair.

Je gardai le silence tout en écoutant la musique qui, étrangement, faisait écho à notre situation.

La ville s'endormait
Et j'en oublie le nom…
Je sais depuis déjà
Que l'on meurt de hasard
En allongeant le pas.

Louise prit un air grave et poursuivit :

— Tu sais, mon ami, je vais avoir trente ans. Il va falloir m'assagir un peu. Je veux être comme toutes les femmes normales ; j'aimerais avoir des enfants, m'établir, me marier. Pourquoi pas ?

Puis, le front dans ses deux mains gantées, elle se mit à pleurer. De grosses larmes qui crèvent le cœur, répétant à tue-tête : « Il n'y a pas un homme qui va m'accepter telle que je suis, qui va m'aimer ! »

Pris d'une sincère compassion et d'une grande douleur, je pleurai avec elle. Contre toute réserve, je la pris dans mes bras, la pressai contre moi, contre mon cœur saignant.

— Moi, je t'aime, Louise.

— Vraiment ?

— Il n'y a pas que l'amour charnel qui compte.

Et je repasse, et je murmure en moi-même les vers de Baudelaire :

Si vous la rencontrez, bizarrement parée
Se faufilant au coin d'une rue égarée
Traînant dans les ruisseaux un talon déchaussé
Et la tête et l'œil bas comme un pigeon blessé
Messieurs, ne crachez pas de jurons ni d'ordures
Au visage fardé de cette pauvre impure
Que déesse Famine a, par un soir d'hiver
Contrainte à relever ses jupons en plein air.
Cette bohème-là, c'est mon bien, ma perle, mon bijou.
Ma Reine, ma Duchesse
Celle qui m'a bercé sur son juron vainqueur
Et qui dans ses deux mains a réchauffé mon cœur.

Tu vois bien, Jacqueline, l'amour le plus commun n'est pas le plus profond. Il ne peut être non plus, parmi d'autres, le plus humain. Ce sentiment, le vrai, naît dans le cœur de celui qui y croit. Comme la fine étincelle qui soudain devient la flamme, envahit et consume. Je ne sais vraiment pas de quel côté viendra le vent chaud de l'été.

New York, le 17 octobre : 11 h
Jacqueline à Jacques,

Je sais que tout au fond de toi sommeille et vit un être profondément sensible. Je me suis accrochée à l'idée — peut-être assez simpliste — que l'espèce humaine se compose de deux races très distinctes : les hommes qui aiment, tendant la main, ouvrant leur cœur aux autres, et ceux qui haïssent autant en méprisant leurs semblables. Tu es de la race des gens que l'on désirerait garder longtemps auprès de soi. Dans toutes tes lettres, du moins dans celles que j'ai reçues jusqu'ici, tu te réjouis pour ceux qui réussissent bien leur vie ; tu te désoles pour l'homme ou la femme, tout être abandonné à son propre destin.

Tandis que tu parles d'amour, de la fragilité des hommes sur terre, on entend ici sans cesse résonner les propos qui conduisent à la guerre, à la désolation. Il est sans foi ni loi, sans feu ni lieu celui que réjouit la glaciale horreur d'une effroyable guerre. Tu m'écris que souvent la violence te déprime, te dépouille comme un arbre dont on coupe les branches. Tu te dois de combattre ce laisser-aller funeste, car là où règne l'inhumanité, seul l'humain peut résister. Dis-toi bien que la barbarie n'est pas éternelle. Elle *n'est qu'une saison parmi d'autres*. Et elle ne peut durer qu'un moment comme la pause en musique, l'espace entre crépuscule et ténèbres, entre guerre et paix.

Tu te plains du racisme à visage mi-couvert qui ébranle la société dans laquelle humblement tu vis. Mais le racisme où qu'il soit, plein ou à moitié, ne fait honneur ni à la maturité ni à l'intelligence de l'homme. Que de cas malheureusement nous affligent, dépassent même notre entendement ! Tel le garçon de 12 ans froidement assassiné par un policier géant très lourdement armé, en pleine rue de sa ville, au matin de sa vie. Parce qu'il avait dans sa main un pistolet d'enfant, avec lequel il jouait. Il est parti, ce jeune adolescent, sans avoir eu le temps de concrétiser son rêve que nul ne saura jamais, rêve emporté avec lui dans le tourbillon des haines qui bouleversent le monde. Tel fut aussi le destin cruel et brutal de ce jeune homme robuste et grand atteint d'une balle au front tirée par un agent de la paix, parce qu'il avait volé, fatale bravade sans doute, un paquet de cigarettes dans un dépanneur du coin. « J'ai eu soudainement peur » avait, pour se défendre, déclaré le policier pourtant bien équipé. Enfin, avait-il raison, cet agent de la paix qui, ayant arrêté la voiture d'un homme conduisant sans permis, les phares arrière éteints, avait criblé de 12 balles ce chauffeur sans défense ? Le seul crime présumé de ce jeune adulte était de n'avoir pas payé ce qu'on appelle ici le *Child support*.

Faut-il croire, alors, mon cher ami Jacques, qu'il est des **coïncidences**, aussi bizarres soient-elles, qu'on ne peut éviter dans certaines sociétés ?

Aussi étrange que cela puisse paraître, les trois victimes de ces crimes odieux sont des Américains dans toute la légalité et la légitimité du terme. Est-ce le destin qui a dessiné leur fin tragique ? Ou doit-on se rendre à cette évidence que, malgré le combat qu'il mène depuis des siècles, l'homme noir aux États-Unis d'Amérique du Nord a toujours été considéré comme dépourvu d'histoire et indigne d'estime et d'intérêt ?

Les peuples sont en guerre les uns contre les autres à l'extérieur comme à l'intérieur de leurs propres frontières. Le monde tremble d'effroi sous le poids de fortes charges de mitraille. Et je ne sais, en dépit de ma foi en des lendemains meilleurs, combien de temps cela durera encore. *Car personne n'a gagné la dernière guerre et personne ne gagnera la prochaine.* L'humanité seule demeure la grande et inéluctable perdante.

Tu m'entretiens qu'on devrait apporter aux plus faibles de la ferveur avec laquelle on peut offrir son aide aux démunis, aux sans-abri de notre société infirme. Tu as peur que le monde se désagrège et qu'il ne reste plus rien de ce que le ciel nous a gracieusement prodigué. Je suis inquiète à l'idée que tu sois encore seul à vivre ces instants dont tu m'as confié la véritable essence. Je lis en toi. Je vois un homme dont la conscience se penche sur la fragilité de l'être, tolère ses faiblesses en même temps qu'elle éprouve le besoin ou la nécessité de le changer.

Je te sais affectueux tout en étant athée et solitaire. Je suis profondément croyante et fidèle chrétienne. « Il n'est pas bon que l'homme soit seul », a dit le Seigneur. C'est pour cela, je crois, qu'il a délibérément inventé le jeu de l'amitié, de l'amour, de la chance, du hasard et de l'irréversible destin. Si tu me rejoins, peut-être que nous irons ensemble sur le chemin qui conduit à des rêves cachés ou des désirs inavoués. Je m'en vais bientôt vers des cieux plus cléments. Là où le soleil vivifie et inspire.

Me joindras-tu, enfin ?

ÉPILOGUE

J'ai toujours voulu comprendre le sens des phénomènes qui se manifestent autour de moi. Qui m'attristent ou m'émerveillent, m'enchantent ou me violentent. Et pour ne pas plonger tête baissée dans le vaste champ de la réflexion philosophique, je me suis évertué à raconter des histoires qui, innocemment sans doute, relatent la vie sociale des gens que j'ai peut-être connus ou que j'ai quelquefois imaginés. Les récits qui composent cet ouvrage rappellent des thèmes constamment présents dans mes pensées.

Mon père, pour me rassurer sur son bonheur qu'il jugeait pourtant fragile, me racontait souvent dans mon adolescence comment il avait failli devenir officier de l'armée d'Haïti, avant le départ de l'occupant américain en 1934. En effet, il avait été sélectionné parmi d'autres candidats de sa catégorie sociale pour former le premier groupe de militaires haïtiens devant assurer la relève. Mais, poursuivait-il, quand il fut appelé au téléphone par le commandant américain lui demandant de partir d'abord de Corail à Jérémie pour se rendre ensuite à Port-au-Prince, il se désista, prétextant qu'il ne pouvait abandonner sa sœur aînée orpheline comme lui.

L'Américain, déçu et fâché en même temps, lui raccrocha au nez. En grommelant des mots pas très beaux à entendre, comprit-il. Mon père se reprenait courageusement, aussi souvent qu'il me rappelait cet incident, en m'affirmant qu'il ne regrettait pas son geste. Car, plaidait-il sincèrement, s'il avait accepté d'y aller il n'aurait pas épousé ma mère et ne nous aurait pas eus, nous dont il était si fier. Je me dis aujourd'hui, intuitivement, que cela était attribuable au hasard, à un « hasard nécessaire » comme dirait Gustav Jung, *qui n'avait rien de fortuit, mais qui, bien au contraire, constituait une forme de réponse de l'univers à un besoin exprimé consciemment ou inconsciemment* par mon père, *et venant transcender l'espace et le temps*. Heureux hasard !

Les personnages que j'ai décrits dans ce livre n'ont pas consciemment fait — à ce qu'il me semble — de mauvais choix. Certains d'entre eux ont tout simplement rêvé de lendemains meilleurs. Mais quelle force surhumaine ou quelle malencontreuse coïncidence a outrageusement sapé les fondements de leurs espoirs ? Pour le croyant, l'individu dont le rêve est brisé n'est responsable de rien. Tout dépend, d'après lui, des desseins de Dieu ou de la manifestation surnaturelle du destin. À ce propos, la littérature est pleine de témoignages semblables à ces vers d'Alfred de Vigny, que nous pourrions considérer comme un élément de réponse à notre questionnement :

Depuis le premier jour de la création,
Les pieds lourds et puissants de chaque Destinée
Pesaient sur chaque tête et sur toute leur action.

Aveugles qu'ils sont, les hommes ignorent leur destin propre. Quand Paul-Marien Néré vit s'effondrer l'espoir, il comprit difficilement, dans son âme d'adolescent mal aimé, qu'il ne pouvait échapper à la fatalité. Celle qui étouffe les songes et tue les espérances. Il rentra chez lui, pleura durant de longues heures. Puis reprit courage et garda le silence. *Seul le silence est grand, tout le reste est faiblesse.* Ce fut sa finale et magistrale réponse au silence bien marqué de son propre Dieu.

Presque tous les personnages de ce triptyque ont vécu personnellement un événement qui a, dans une plus ou moins large mesure, façonné leur existence. Carmélie, Paul-Marien, Béatrice, Gertrude et Rémy, Jacques et Jacqueline n'ont pas pu échapper à ce qui devait leur arriver. Encore une fois, la littérature nous vient en aide pour illustrer le désarroi de l'homme devant ce qui lui paraît insondable et qui l'effraie :

Puisqu'après tant d'efforts, ma résistance est vaine
Je me livre en aveugle au destin qui m'entraîne.

Tel est, dans *Andromaque* de Racine, le cri d'Oreste, l'aveu sublime de l'impuissance d'un homme face à ce qui est inéluctable, contre ce qui semble irréversible. L'existence ou la non-existence du hasard, le rapport du destin à la religion, celui de nos comportements à la volonté de Dieu font partie intime de notre vie. On a davantage tendance à croire qu'un génocide est plus injuste et contraire à la volonté du Tout-Puissant que les morts causés par un désastre naturel, un tremblement de terre, une éruption volcanique, un tsunami ou un ouragan dévastateur. Parce que tout simplement il est plus difficile d'en attribuer la responsabilité à des personnes en particulier. En revanche, il est plus acceptable et plus innocent pour le chrétien de s'en remettre à Dieu. Car les voies de Celui-ci, répète-t-on souvent, sont impénétrables. Ainsi tout ce qui émane de Lui est-il bon et nécessaire à la vie sur terre afin d'atteindre l'éternité : la misère, la souffrance, les déboires ont, selon les croyants, un sens voulu par Dieu. Charles Baudelaire en témoigne dans ces alexandrins éloquents tant par la forme que par le fond :

Soyez béni, mon Dieu, qui donnez la souffrance
Comme un divin remède à nos impuretés
Et comme la meilleure et la plus pure essence
Qui prépare les forts aux Saintes Voluptés.

Cet épilogue ne s'accorderait pas bien aux récits relatés, aux personnages brossés, s'il ne contenait cette dernière note toute personnelle, ma propre histoire relative au destin dont on ne comprend pas toujours la marche mystérieuse parce qu'inexpliquée.

Je venais de terminer mes études universitaires à l'École normale supérieure quand un membre officiel du gouvernement du Congo (anciennement belge) arriva à Port-au-Prince, la capitale, pour recruter un nombre impressionnant d'enseignants dont son pays avait besoin. C'était en 1965. Le président de la république d'Haïti confia au doyen de l'école la tâche ingrate de faire partir du pays tous les normaliens dont il voulait – et ce pour cause – se débarrasser. Accord conclu. Priorité d'embauche aux diplômés de notre établissement. Un mois, peut-être deux après les inscriptions, les candidats recevaient déjà leurs contrats d'enseignement pour différentes villes du pays frère. Le ministre congolais écrivit personnellement au doyen pour lui confirmer que satisfaction lui avait été pleinement donnée, à l'exception de deux candidats dont les dossiers n'avaient pas été retrouvés. Il s'agissait en réalité de mon dossier et de celui d'un plus jeune diplômé que moi. Le directeur me demanda de tout recommencer, de tout reconstituer. Ce que je fis. Il plaça dans un même contenant les papiers du jeune homme et les miens. Me remit en mains propres l'enveloppe brune pour que j'aille la recommander au bureau de poste. J'obéis. Quelques semaines plus tard, mon compagnon recevait son contrat signé en bonne et due forme tandis que moi j'attendais encore dans l'angoisse et l'incertitude. Je tentai à trois reprises de décrocher un emploi dans l'enseignement en Afrique de langue française. En vain. Trois années après, je m'envolais pour le Canada, à destination de Montréal. J'y suis encore. Heureux hasard, coïncidence, concours de circonstances, imprévisible destin ou tout simplement un geste de Dieu ?

Il semble exister dans la vie au moins deux types d'événements : ceux qu'il nous est facile d'élucider et ceux dont nous ne connaissons pas la cause. Ceux-ci sont-ils pour autant la manifestation du destin, de certaines lois spirituelles ou d'actes intentionnels de Dieu ? Il est clair que si, comme les autres, j'étais parti à ce moment-là, loin de mon pays natal, je n'aurais pas eu l'occasion de fonder la famille qui m'embrasse aujourd'hui.

À chacun de choisir le chemin à suivre selon son expérience, sa foi, ses croyances, sa volonté de survivre. J'ai assemblé, sous le titre provocateur — je le sais — de *Les jeux de Dieu,* des faits réels dans certains cas, inventés dans d'autres, mais en partie vraisemblables, animés ou subis par des personnages qui, toutes proportions gardées, nous sont familiers. Étonnamment.

Table

Romans et nouvelles des Caraïbes aux éditions L'Harmattan

Dernières parutions

LES ILLUSIONS DU SANG
Roman
Georges Leno
Ann Rainville est une Américaine de Virginie. Férue de culture française, elle quittera son sud natal pour Paris. Après son mariage avec un jeune Créole, elle partira s'établir en Martinique. Dans le milieu où elle tentera de s'immerger, le mode de vie clanique semble relever d'un principe fondateur ; aussi son union avec le fils d'une riche famille du cru sera-t-elle récusée comme « contre nature ». Au-delà de sa confrontation avec la virulence des normes sociales, la jeune étrangère s'inscrit dans le récit comme une sorte de révélateur d'un monde encore profondément marqué par l'économie de plantation, et les rapports aussi indéfectibles que dénaturés entre héritiers des colons et descendants des peuples razziés d'Afrique...
(Coll. Lettres des Caraïbes, 17 euros, 206 p., mars 2015)
EAN : 9782343055152 / EAN PDF : 9782336371115

RACINE ? RACINES...
Roman
Yvelise Vetral
Quand Marmonet apparaît sur le haut du morne si droit et si grand, toutes les bouches s'entrouvrent de stupéfaction. Est-ce bien lui, ce nègre blanc, responsable du destin de la petite Imprévue, originaire d'Haïti, rescapée du naufrage qui a détruit son embarcation et retrouvée esseulée, toute nue dans une flaque d'eau ? Avec une plume piquante, Yvelise Vetral emmène le lecteur sous les Tropiques, dans l'île de la Martinique, à l'époque où les plantations faisaient vivre la plupart des gens. On peut presque sentir sa sueur perler ou un fourmillement persistant dans ses orteils tant on est au cœur de l'action imprégnée de la langue créole.
(Coll. Lettres des Caraïbes, 16 euros, 140 p., octobre 2014)
EAN : 9782343043081 EAN PDF : 9782336357416

CHRONIQUE DES LILAS
Georges Leno
Les Antillais de France héritent de leur exil une curieuse métamorphose : ils se transmuent en Négropolitains. Ce calembour accuse l'altérité de ces ex-îliens et leur prête implicitement une abjuration de leurs origines. Gaby, jeune exilé dans le Paris des années soixante, n'échappera pas au grief. Creuset où se fondent

français et créole dans leurs styles populaires ou recherchés, le roman se déploie dans une langue plurielle et fournit une écriture dense, une nouvelle poésie du contact des cultures.
(Coll. Lettres des Caraïbes, 29 euros, 290 p., décembre 2012)
ISBN : 978-2-296-99727-1 EAN PDF : 9782296510715 EAN ePUB : 9782296988996

SUR LA ROUTE DE MONTE CHRISTI
Adios Cuba te quiero – Roman
Mikaël Rémond
La Caraïbe dans les années 1990. Les aventures de gens de mer à la poursuite de leur légende personnelle. De La Havane à Fort-Liberté, l'auteur nos entraîne dans une succession d'événements et d'intrigues, de rencontres amoureuses et de réflexions personnelles. Il dresse un tableau bigarré et cherche à nous faire partager une part plus intime de ces deux pays. Et son final inopiné en fait une histoire vraie, à quelques millions de dollars près...
(21 euros, 196 p., décembre 2012)
ISBN : 978-2-336-00193-7 EAN PDF : 9782296511729

DEUX (LES) ENFANTS DE SAINT-DOMINGUE
suivi de *L'esclave de Saint-Domingue*
Julie Gouraud
Présentation de Roger Little
Ce sont les retombées de la révolution haïtienne, vues à travers les expériences d'une famille créole, que Julie Gouraud présente dans ce roman. Dans la nouvelle de Michel Möring, une autre famille créole fuit la même révolte. Dans les deux cas, on voit bien que les esclaves participent du *topos* du bon sauvage ancré dans la littérature depuis Rousseau.
(Coll. Autrement mêmes, 23 euros, 202 p., octobre 2012)
ISBN : 978-2-336-00205-7 EAN PDF : 9782296507302 EAN ePUB : 9782296985582

NOËL NOIR
Les trois tanbou du vieux coolie - (tome 2)
Raphaël Caddy
Ce voyage qu'il avait tant appréhendé lui sembla en fin de compte très court. En mettant le pied sur la terre de France, cette terre dont tous rêvaient, cette «Terre divine», il ne put s'empêcher de verser une larme. Le souvenir de cette «veille de Noël» où les foudres du ciel lui étaient tombées sur le cœur lui revenait en mémoire. Le port de Marseille était inondé de lumière, la gare St-Charles fourmillait de monde. Et pourtant l'enlèvement eut lieu ! Première et terrible défaite !
(Coll. Lettres des Caraïbes, 34 euros, 336 p., septembre 2012)
ISBN : 978-2-296-96432-7

UN TRAIN DANS LA NUIT
Les trois tanbou du vieux coolie – (tome 3)
Raphaël Caddy
«Et dans ce train menant un vacarme infernal et hurlant sa peur dans la nuit ; dans le long et froid couloir de cette machine d'Enfer, le vieux Coolie, assis à

califourchon sur son «Toung-Bang» lui souriant de toutes les ridules étoilant le coin de ses yeux pétillants de malice.» (Extrait.)
(Coll. Lettres des Caraïbes, 27,5 euros, 266 p., septembre 2012)
ISBN : 978-2-296-96433-4

EN GUYANE : LE NOMMÉ PERREUX
Suivi de *Nouvelles antillo-guyanaises*
Paul Bonnetain – Présentation de Frédéric Da Silva
Paul Bonnetain rapporte de son expérience militaire aux Antilles et en Guyane une série d'anecdotes et de descriptions impressionnistes qui sont les témoignages ironiques et pittoresques de la vie coloniale à la fin du XIXe siècle. Il en propose une vision bien plus sombre dans *Le Nommé Perreux*, roman naturaliste qui dépeint le destin tragique d'un jeune troupier. Les textes rassemblés dans ce volume offrent comme un contrepoids aux récits d'explorateurs et aux romans d'aventures qui ont nourri les illusions coloniales.
(Coll. Autrement mêmes, 31 euros, 284 p., juillet 2012)
ISBN : 978-2-296-99388-4

ENFANT (L') QUI VOULAIT DEVENIR PRÉSIDENT
Roman
Pierre Beaudelaine
Dans ce roman, l'auteure nous entraîne dans le pays «d'en dehors», l'Haïti rural de l'Artibonite. A travers les personnages, celle-ci nous fait partager la vie quotidienne du marché et des quartiers de Saint-Michel-de-l'Attalaye. Dans une langue savoureuse traversée par un créole haïtien riche et expressif, Beaudelaine livre la chronique d'un petit bourg sous la dictature de Baby Doc. Le fabuleux destin du héros est hanté par l'histoire haïtienne et le désir du peuple haïtien de bâtir une nation pour tous et pour toutes.
(Coll. Lettres des Caraïbes, 22.00 euros, 224 p.)
ISBN : 978-2-296-97003-8

L'HARMATTAN ITALIA
Via Degli Artisti 15; 10124 Torino
harmattan.italia@gmail.com

L'HARMATTAN HONGRIE
Könyvesbolt ; Kossuth L. u. 14-16
1053 Budapest

L'HARMATTAN KINSHASA
185, avenue Nyangwe
Commune de Lingwala
Kinshasa, R.D. Congo
(00243) 998697603 ou (00243) 999229662

L'HARMATTAN CONGO
67, av. E. P. Lumumba
Bât. – Congo Pharmacie (Bib. Nat.)
BP2874 Brazzaville
harmattan.congo@yahoo.fr

L'HARMATTAN GUINÉE
Almamya Rue KA 028, en face
du restaurant Le Cèdre
OKB agency BP 3470 Conakry
(00224) 657 20 85 08 / 664 28 91 96
harmattanguinee@yahoo.fr

L'HARMATTAN MALI
Rue 73, Porte 536, Niamakoro,
Cité Unicef, Bamako
Tél. 00 (223) 20205724 / +(223) 76378082
poudiougopaul@yahoo.fr
pp.harmattan@gmail.com

L'HARMATTAN CAMEROUN
TSINGA/FECAFOOT
BP 11486 Yaoundé
699198028/675441949
harmattancam@yahoo.com

L'HARMATTAN CÔTE D'IVOIRE
Résidence Karl / cité des arts
Abidjan-Cocody 03 BP 1588 Abidjan 03
(00225) 05 77 87 31
etien_nda@yahoo.fr

L'HARMATTAN BURKINA
Penou Achille Some
Ouagadougou
(+226) 70 26 88 27

L'HARMATTAN SÉNÉGAL
10 VDN en face Mermoz, après le pont de Fann
BP 45034 Dakar Fann
33 825 98 58 / 33 860 9858
senharmattan@gmail.com / senlibraire@gmail.com
www.harmattansenegal.com

Achevé d'imprimer par Corlet Numérique - 14110 Condé-sur-Noireau
N° d'Imprimeur : 136285 - Dépôt légal : mai 2017 - *Imprimé en France*